時光碎語

陳幹煌

目錄

第二輯：劇透人生的小日子

第三輯：夢裡夢外的房間

第四輯：那些傷神又美好的二三事

第五輯：敲破蛋殼的聲音

序一　文青・文清◎司徒畢

這些年，常常會聽到「文青」兩個字。「文青」就是「文藝青年」的簡稱。說穿了就是生活方式風格不流於俗的一群年輕人。

就我觀察，只要流連於那些所謂「網紅打卡點」；喝着文藝卻無限「假掰」的咖啡；吃着有機卻淡出鳥來的素食；穿著帶點「波西米亞風」聽都沒聽過的小眾品牌或二手衣飾；揹著個無時無刻散發著「我愛地球，地球愛我」氛圍的帆布環保袋；用著一堆看似低調（不是低廉）卻價格感人的文創產品；發送一張又一張刻意「不經意」地營造出「閒適」表情的「抓拍」照片；IG帳號上的照片濾鏡下的肌膚永遠絲滑得讓人髮指，就連身旁的桌椅都被精緻拉扯到極限變形；繼而標記一堆又臭又長、虛無縹緲、言不及義的奇怪標籤，配上左抄右抄的所謂「歲月靜好」、「歸來仍是少年」、「浮生半日」……（下刪一萬字）等文藝金句。

以上就是我對「文青」們的刻板印象，直到我遇上了本書的作者。

他大概是我見過最「文青」的「文青」了。他在生活中的斜槓，簡直多到難以置信，如果要寫簡介，看到大概就是這樣的：純素食主義／瑜珈愛好者／街舞導師／鋼管舞者／現代舞者／語文教師／作家／環保主義者／鍵盤手／貼心孝順兒／好閨蜜／攝影愛好者／短視頻作者等等等等等。一般而言，讓我看到這樣的簡介，我應該會白眼翻到後腦勺，但是，我確實親眼目睹，見證他無限斜槓的「文青」生态。

俗套的「隨心」、「自由靈魂」、「堅持」、「赤子之心」等詞彙，用在他身上卻不顯違和。當一堆人還在追求所謂「文青」的生活態度時，他已經身在此山中，活得與世無爭、悠然自得。我常常調侃他，要是世界上多幾個像他這樣的「文青」，這個世界說不定真的會美好一點。

他的文字總是很輕，也很清。

在本書中，他輕輕地記錄了自己的少年記憶，在「我喜歡臭臭的校服」裡頭，寫出了那種想把歲月皺摺熨平的莫名遺憾感；他也輕輕地記錄了自己的成長，在「好想好好愛你」裡，他寫著你和我都曾經經歷的那種偶爾在夜闌人靜「追憶起」，都會為之莫名心酸的蠢蠢/純純的初戀，到最後也只能無病呻吟地嘆道「只是當時已惘然」；他還輕輕地記錄著自己的生活大小事，小到從肉食者轉變爲素食者，察覺到「肉不再滋味」那種稍帶悲天憫人的心得體會；大到在「當死亡靠近時」對生死的無情輕輕詰問，這一切一切都在透露著他和這個熙熙攘攘的世界一直在不斷地和自我對話與和解。

看似刻意，卻又那麼不經意流露出的「小清新」人生態度，沒有一般年輕人那種桀驁不馴自以為是的叛逆；更沒有偽文青表面不在乎，骨子裡卻渴望眼球關注。他待人處事的真誠和謙卑，在「阿姨殺手」一文中，表現出和現代年輕人動輒憤世嫉俗或矯情截然不同。

認識他這麼多年，鮮見他發脾氣。有時我甚至尖酸刻薄地懷疑這種「幾近完美的人設」到底能堅持多久，偏偏這傢伙還是這麼「文青」的活得有滋有味（儘管我們一群俗人損友，總是覺得他人生中吃得如此索然無味，還不如不活）。偽文青會幹的事，他可以一件不落地幹下來，但是他會堅持、執著幹下去的每一件事的態度，卻不是每個偽文青都能複製轉貼得來的。

我雖然討厭爛大街的「偽文青」，但是對於他這樣的「真・文青」我是真的一點都討厭不起來。見字如面，這樣的形容，放在他身上，最恰當不過。希望你也能從他的文字中讀到一點點的溫暖，享受到這溫暖背後不經意傳來的的正能量。

他的文字不是那些故作深沉、刻意烹調的假雞湯，對我來說，他的文字可以說是年輕一代中最難得的自然。大家不妨放心淺嚐，畢竟，這世界已經太多灰暗不堪，偶爾文清一下又何妨？

司徒畢，斜槓中年、編劇、教師、影評人、偽文人。買書太多來不及讀，意涵太多來不及補。不務正業之餘，努力不誤正業。廣東人所謂：「周身刀，無張利」，充分展現什麼是「**jack of all trades，master of none**」。不愛旅遊，因為懶，家裡堆了一大堆的玩具，給自己貧乏的童年作補償。基本上，大俗人一枚。三十没立，四十還在繼續惑，生平無大志，混吃等死的墮落下去，也是種自由的選擇。

第一輯／那段讓我解憂的臭臭歲月

我喜歡臭臭的校服

我的校服向來都是媽媽燙的，一直到後來家裡請了女傭。中學的最後幾年，我曾嘗試自己燙校服，但怎麼燙也無法把校服燙平。這活就連弟弟也做得比我好，難道會燙衣服也是一種天賦？

每天，我都穿著整齊潔白而且燙得毫無摺痕的校服上學。在學校的時間很長，加上我經常四處竄動。我時常在上課前或上課時離開課室如廁後再跑回課室，深怕錯過老師說的要點，加上我在班上很多時候是無法像大樹一樣紮根於座位，在課間不是喜歡走到其他同學的座位閒聊，就是在門口與隔壁「志同道合」的朋友聊天，不然就站在門口睹著，看看是任課老師還是代課老師來上課。特別是天氣炎熱的時候，連坐著上課都會汗流浹背了，我如此好動，校服怎麼不會散發「臭臭」味。

為了辯護那「臭臭」的校服，我必須聲明它與我的個人衛生無關。我曾經擔任衛生股長，放學後留守班上督促同學們打掃衛生，倒也為班上的衛生整潔付出一份力。即使身上帶著汗水的粘膩感回家，我心中仍是舒暢的，夾帶點成就感。高中時期我當了兩年的班長，為老師以及同窗服務。早上第一節課之前總是會到教師辦公室領取全班的作業，抱著一疊約有三十五本的褐色本子回去課室。偶爾在課間休息時到辦公室領取全班訂購的書籍。基於數量不少，加上都是厚重的新課本，所以便呼朋喚友，結合三、四人之力才好辦事，畢竟有福同享，有難同當，有汗水也一樣。

考試結束之後的那個禮拜，同學們準備了各式各樣的遊戲，一掃課室內為備考而籠罩的低氣壓。有一次，我開設了一家「賭館」，賭的是百萬富翁遊戲裡的籌碼，玩的是骰子樂。我擺起莊家的架勢，雙手有模有樣地握著骰子，搖一搖之後就要求同學盡快下注，「來來來，下好離手啊！猜一猜骰子點數大還是小？」那些考試後玩耍的日子比上體育課更耗體力和精力。原先空氣中充斥著的凝重和沉悶早已化作歡樂的氛圍。這些都在我的校服上有跡可循。

如今，巴士上依舊每日擠滿放學回家的學生。有的乘客看見嘻笑打鬧的學生就會皺起眉頭，然後繼續閉上雙眼小睡片刻；有的人則瞬間移開，試圖想要閃避，不曉得在嫌棄什麼？誰不曾擁有那段青春時光？誰不曾擁有那套因成天在學校活動而散發異味的校服？除非那是一段不堪回首的過去、除非那是一段令人羞怯的回憶、除非那是一段不屑提及的往事，否則何必？

我鍾愛那股「臭臭」的味道。盡管現在的校服顏色和我以前的大不相同，但在心裡卻是一樣的。不知道媽媽在我畢業後把校服藏去哪裡了，待會兒我定要把它找出來，把它燙得跟以前一樣。

我們這一班青春不死

中學時期是學涯中青春的精華，最多彩、最華麗、最幻彩、最豪放，很多事絕對忘不了。

不曉得班主任哪根筋不對，中一開學第一天就指名道姓，委任我為班上衛生股長，而我也就懵懵懂懂點頭答應。後來，放學了還不能馬上回家，得留在班上確保同學們執勤，待他們完成任務後才回家。每逢那個時段，我定會神經質連線般的給班上執行任務的同學洗腦。「我們是盡責的一群，我們為他人服務，我們為的不僅是我們班的衛生，更是為了學校！」反正校園裡「發神經」的不止我一人，不然我們如何把青春起哄。

後來，我還當上班長。恰巧另外一名班長性格與我相近，於是便鬧在一塊兒，當初玩鬧的情景歷歷在目。回過頭，班上的同學猶如影視劇中人物：有什麼都附和的好學生、嗓門脾性大的張飛、多愁善感的林黛玉、信息雷達的三姑六婆、博學多聞的才子、文質彬彬的君子、靜如止水的高人等等。角色眾多，各自精彩，但大夥兒都相處得還算融洽。

為了更好「玩」，我們和隔壁班決定中秋節來一場派對，「吃喝玩樂」皆由我們學生一手包辦。我們邀請老師一起燒烤，一同遊戲。我們模擬綜藝節目的形式進行，遊戲過不了關的，奶油伺候，砸在頭上臉上身上，不然就生吃蒜和芥末。無論師生，一視同仁，格「殺」勿論。雖然善後工作不少，但我們樂意效勞。最後還上演一場「潑水節」。待場地收拾乾淨後，大家也都濕透了。

還記得班上有位同學家裡是開麵攤的。某天有個同學跟她預訂麵食，她拎到班上，香味也隨之瀰漫開來。就這樣，慢慢的從一包、兩包、三包……之後演變成有意預訂的同學提前一天把便當盒交給她帶回家，隔天下課休息肯定餓不著，況且支持自家班的同學，何樂而不為？

青春時的「節目」只有增添無遞減。同學之間慶祝生日的派對時絕對少不了，逢年過節，大夥兒也會約好一起去拜年，甚至到老師家作客。學校義賣會的嘈雜聲中可以清楚聽見我們這班的嬉笑喧鬧、校內舞蹈比賽也少不了我們這班的代表、教師節慶祝會時的舞台上，更少不了我們這班的身影。直到最後一年，在畢業典禮上，我們以經典老歌《採紅菱》與日本卡通櫻桃小丸子主題曲為背景音樂，以褐色的紙質雞蛋板為道具。這是我們呈獻的最後一次，也是最具代表性的舞台表演。

明年還有同學會呢，畢業十年之約，我期待再次喚起並感受這一班不死的青春。

好想好好愛妳

現在少年人都怎麼的追女孩子？「少年不識愁滋味」早在我少年時期已經不成立。那時正青春洋溢，那時剛情竇初開。

剛升上中學，就有個女孩叫我心神不寧。她個子不高，嬌小玲瓏，皮膚白皙，紮著一束馬尾。遇見她，我才明白了什麼是一見鍾情。初次見她是在小六畢業後的假期補習班，當時我還不至於晃神。只是每次看到她的時候，目光總是抓著她不放。

沒想到，我們會報讀同一所中學。雖然理智告訴我那只是巧合，但我選擇相信是一種緣分。每當她經過我課室窗前，我正專注聽課的心，便隨同眼睛不由自主地向窗外挪去。後來，我開始主動寫信給她。因為班上有同學認識她，所以事情就好辦多了，好一個私人郵差幫我遞信。就這麼一來一往，從開始普通朋友的對話內容慢慢昇華到綿綿的情話。還好那時候我們都沒有手機，還好我還來得及感受以書信傳達的情意。有時我不禁問問，那樣情真意切的年代都去了哪裡？現在的少年人很不一樣了吧？

我雖然已經獲得她家裡的電話號碼，但我仍然選擇以信件來往。逛精品店的時候，會不惜地把存下的零用錢購買手鏈或腳踝環郵寄給她。還曾經在晚上複習後親手製作蜻蜓形吊飾和鑰匙圈，不過最後並沒寄出去。

後來，她和一位學長戀愛了。後來，我還寫了一封信給她：「好想好好愛妳，這一句話只能藏成秘密……從今以後，如果妳能快樂，就別管我想妳……」儘管從來不曾擁有她，只是剛好周蕙唱的「好想好好愛你」實在貼切，讓我頓感一種被背叛或被拋棄的感覺。或許自作多情。或許用情過甚。

我和她還是朋友，我和她那時的男朋友也是朋友，我們一群人還曾經到學校附近的餐館用餐，這是我自認為成熟大方的處事方式，或說是一種祝福對方的表現，一種「如果妳能快樂，什麼就都無所謂」的心態吧。

事過境遷，已有十餘年。其實做普通朋友沒什麼不好。很久以後那位私人郵差兼同班同學告訴我，其實當年她一直等待我當面說出對她的情意，可惜我始終沒有向她正式表白。當下我覺得有點遺憾。我也知道她目前處於單身狀態。如果我現在想對方表白，會不會連朋友也做不成？畢竟誰能保證我倆會廝守終生？

偶爾我會想，以前那個會為了兒女私情而以信件傳情達意，會親手製作飾品的我跑去哪兒了？我是否還會遇到有這麼一個人，能讓我再次感受年少時期的情竇初開？

左右紛爭

一段記憶難忘是因為刻骨銘心，一段歲月雋永是因為唯美動人，一段人生甘甜是因為滄海桑田。

我真的覺得左撇子沒有錯，可是有些右撇子卻不這麼認為。「左派」，「右派」之間因觀念不同而爭執，產生隔閡。我從未忘記入幼稚園時被二舅嚴謹督促，逼迫改換右手執筆寫字的日子。

眼前的大方快簿子，簿子旁躺著的藤鞭，藤鞭和簿子之間的鉛筆，讓我覺得怎麼習字時間那麼久那麼長，那一撇一點一劃一捺一橫一勾一折一豎一彎怎麼那麼難寫？鉛筆好重好重，加上藤鞭的重量，手根本無法使勁拼命地寫，就算費盡九牛二虎之力地使喚右手，左手還是會忍不住接過鉛筆幫忙寫。但萬一被發現，左手臂就會出現藤鞭的印記，只能趁他嚴厲的目光瞥開才行事，但也沒寫得多快。這樣的事件上演了好多回。每一次，我強迫自己配合演出。當熬過了人間地獄式的時光，我就可以繼續做回左派份子，多麼地自由自在！畢竟這是天性啊。

我當時不明白為什麼站在一旁的媽媽什麼也沒做，只看見她眼裡充滿無奈和無助。二舅態度堅決，媽媽在家排行老么，除了兄命難為，他的脾性也讓媽媽敬而遠之吧。長大後，我沒去追究，她也沒提起，事情好像就這麼煙消雲散。

我升上小學之後，成年人也更加忙碌各自的生活，二舅也沒時間再「糾正」我。再碰到他時，我已經是一名無憂無慮的左撇子了。隨著時代的變遷，所灌輸的教育思想與觀念已今非昔比，是左撇子還是右撇子，順其自然吧。不過，身為晚輩的我還是感激和理解當初他的用心良苦。

後來在我三哥的婚宴上遇見二舅。本就白髮蒼蒼的他，現在髮色更顯灰白，步伐更是緩慢。他已不再是當年坐我身旁的他，彷彿已卸下曾經的霸氣與凜然。現在聽他說話，中氣弱了好多。當他聽到我順利大學畢業並找到一份穩定的工作時，他笑了。他笑的時候，右手拍拍我的左肩兩下，微微的點了點頭；我也笑了，同時看見了他眼裡所給予的肯定和鼓勵。

一直以來，二舅待我如他的孩子那樣，抱持望子成龍的心切吧。小時候一旦陷入「左右紛爭」，面對他肯定是畏懼的，敬鬼神而遠之絕對是上上應對之策。現在長大了，懂事了，其實，在他嚴厲的外表下，有顆慈父的心在跳動著。

一台自行車闖天涯

多年前到台灣參加學生的交換計畫，是我騎自行車最頻繁的時候。那時，我一個人出發，那時，台灣正處於春季。那時，青春還在。

剛到台南成功大學，校園洋溢著濃厚的青春氣息。成群的大學生騎著自行車到對面成功街買小吃，對我來說是頗為新奇的景象。在校園內騎自行車，是新加坡的大學近乎不存在的事。

為了便利，一位學姐建議我到光復校區的某個角落找一位大叔買一台自行車。那台不知經過幾手的自行車非常便宜，車身紅色的漆已經脫落，我暫時成了它的主人。交換計畫僅有一個學期，只要能騎著它到附近的雜貨店或小街購買日常所需。

每天陪我上路的好夥伴跟我一起路過好多風景。從宿舍騎到另一個校園上課，課後再騎到附近的餐廳，放學後騎到對面的街口買車輪餅和燒仙草，或者到圖書館去借參考書，週日騎著它到附近的教堂參加崇拜……偶爾路上看見鳳凰樹上正熱鬧，滿滿亮黃色的樹葉，與草地上零零散散地墜落的花瓣相對著，讓初次感受春意的我進入了詩一般的意境；偶爾路上吹來的春風沒有冬天的寒風刺骨，反而多了絲絲的暖意和淡淡的雨水味。

鳳凰樹開花了，周圍的人看似春風滿面。雨季開始撒野的時候，周圍的人似乎變得慵懶，有的顯得惆悵。原來四季會牽動人的情緒。

某天，有位學長提醒我若不想被遣送回國或者驅逐出境的話，就得去延長簽證有效期限。確實有點掃興，幾乎掃走了春暖花開般的浪漫詩境，好像我就要從美夢中醒過來，回到熱帶國度去了。

學期差不多已經過半，我只好在簽證到期前到大使館辦理手續。某日，一台自行車、一張地圖、一台手機、一個斜背包裝著水壺和雨具，陪著我一人，往陌生的大使館去。當時純粹帶著冒險的心態，沒考慮是否會迷路，沒考慮路途是否遙遠，就這麼出發了。

我規規矩矩地循著地圖上的標記和方向，騎在完全不熟悉的街道，因此特別仔細小心觀察所走過的風景和店家，特別留意掠過我肩頭的身影，是散步的老公公或老奶奶也好，還是路邊攤正在賣關東煮的阿姨，讓獨自闖蕩的我沒那麼孤單。或許是人的求生意識吧，隻身處於陌生的環境，就越發對於周圍的點點滴滴特別警覺，萬一迷路就根據這些記憶點尋路。還好當時天氣晴朗，春天裡的陽光再怎麼刺眼也沒熱帶的熾熱。騎一騎，停一停，沒人催促，還可以拿出地圖查看方位，估算與目的地相差的距離，再慢條斯理地拿出保溫瓶喝一口水，蓋好放進包裡，拉上鏈子，然後雙腳踩著踏板，繼續上路。

我忘了騎了多久，經過一家水果店，店外掛著鳥籠，裡面那隻白色的鳥挺活潑的，不過我不是牠的主人，也聽不懂牠的語言。於是我忽視牠的存在，直接打擾正在擺水果的老板，跟他確認往大使館的方向，在店內他的妻子聽到之後也地指向大使館坐落的方向。謝謝他們的熱情，他們那帶點台語腔調的中文，我特別喜歡，跟陽春捎來的暖意一樣。

稍後我經過一座橋，橋底下的水面給陽光披上了片片的閃亮，不知名的白鳥瞬間成群飛過，光照穿透飛鳥之間灑在大地。我抬頭看看熟悉的藍天白雲，於是再次停下，拿出手機拍下這幅畫。

往前騎不到兩分鐘就到了。白色的大使館和陽光一樣耀眼。歐式建築風格的周圍是青青草地和盆盆花卉，外圍的籬笆沒有很高，不過就是白色木片組合而成。在台灣隨處可見的排排店屋或店鋪之中鶴立雞群，獨樹一幟，要我忽略它很難，也因為這樣我才成功到達目的地。

路途其實很漫長，至少四十五分鐘吧。回程的時候，心裡的負擔反而輕了一點，但我沒因此對周圍的景物掉以輕心，捨不得忽視它們的存在。回程的方向沿著來時路，那時的視角不同，風向不同，太陽方位不同；而同樣的路線，同樣的景物，同樣的店家在眼裡增添了不同的風味。

現在回想當初在台南市與那台自行車相伴的日子，雖然有些模糊，雖然有些淡忘，雖然有些遙遠，不過凡騎過必留下痕跡。我會努力想起，能記得多少是多少。那台自行車可能換主人了，那台自行車可能變成廢鐵了，或者早已重新循環製作成其它東西。

當年以一台自行車闖天涯的那股瀟灑、勇敢、輕狂、冒險和衝勁現在還在嗎？我懷疑若當時擁有一定的經濟能力，會不會直接就選擇最便捷的途徑到達目的地？如果會，我就不會和那台自行車走過那麼多風景和回憶了，那故事就不夠精彩了，那青春就變樣了。

阿姨殺手

不曉得我擁有什麼樣的魅力，一些食堂的阿姨總是對我疼愛有加。

大學時期，有段時間我愛上素食攤阿姨炒的橄欖炒飯，飯粒分明，每粒均勻地裹上一層帶點淡綠色的油光，間中夾雜著小小的蘿蔔塊，一絲絲的橄欖菜和一些細碎翠綠的蔥，足以讓在下課時受饑餓煎熬的我感到幸福。碰上她沒賣橄欖炒飯但我嘴饞並極度渴望想吃的時候，她會咧嘴笑著，說：「好啦好啦，為了你，現炒給你！」

有一次，她端出香噴噴的炒飯時，美食當前，我卻差點無法大飽口福。我翻了翻皮夾，然後尷尬地抬起頭，眼中歉意湧出。我差一毛錢。本來想馬上道歉然後轉身向同學借，但她說：「哎呀，不用啦，不用啦！」語氣非常堅定，卻讓我更加不好意思。之後，我還是特地跑到素食攤，遞給她那一毛錢。這一毛錢足以讓我記得一輩子。

後來升上社會大學，員工餐廳裡的好幾個阿姨也特別親切，非常熱情，有魅力的不是我，是她們。有一次，垂涎三尺的我像餓鬼一樣站在雜菜飯攤位前，凝視著一個本來盛滿滷肉的盤子什麼都沒了，只省幾滴滷汁和零零散散的蒜頭和洋蔥，頓時心裡那股對於白飯配滷肉的熱切與渴望被澆熄，胃口全沒了。阿姨還佇在那兒等我點餐呢，「沒關係，不用了。」我不好意思地揮揮手說。隔天，我經過她的攤位，她說：「留了一點給你。」我雙眼發亮，心裡那股感覺蜂湧而上。雖然只有一點，但那一點足以讓我記得一輩子。

水果攤位的阿姨若沒看見我的人影就會關切地問我朋友。過幾天看到我的時候就開始噓寒問暖，也不吝賜教她生病時的治愈方法，還介紹我她常咨詢的中醫師。有時不用言語溝通，只要點頭微笑，用食指比作一，她就知道我想喝什麼果汁了。有一次，「一毛錢事件」重演。這一毛錢也足以讓我記得一輩子。

民以食為天，這些攤位不缺食客，少了我一個又何妨？記住顧客的樣子、記住顧客的飲食習慣和口味是做生意的技巧吧？還是她們待人本就真誠？

願意少賺一毛、願意花時間噓寒問暖等表現，要自然地笑著去做也不是人人都能做到。從始至終是我臭美，我不是阿姨殺手。我感覺良好其實源於她們的待客之道。

藤椅和扇子

有一張藤製搖椅和一把藤編扇子偶爾會浮現在我腦海裡。

依稀記得，那一張搖椅，很大。我坐搖椅上搖得開心，也搖得提心吊膽，擔心小小的手指夾縫裡。每次去探望外婆的時候，她總是讓我坐搖椅上，然後她就在廚房準備好吃的，還不忘吩咐我去冰箱自取零食。我從雙腳踩不著地，一直坐到雙腳可以穩地而立。當年，那一把藤扇，也很大。我總是用雙手緊握手柄然後對著自己扇，風很大，很涼快。有時外婆拿著扇子坐在搖椅上，我與她比肩而坐，然後她就會對著我扇。外婆扇得很快很快，風很大，我很涼快。我瞇著眼，對著正在揮舞的扇子帶來的風笑著。

十二年前，我鮮少有機會坐在搖椅上。那時，廚房成了外婆的禁地。她大部分的時間都坐在搖椅上。每次去探望的時候，媽媽會到廚房跟女傭交代一些事情，估計是準備伙食該注意的事項。我就坐在搖椅旁跟她聊天。她問關於學習，關於教會、關於哥哥和弟弟的近況。偶爾重複。她還是習慣性地吩咐我到冰箱去拿吃的，只是零食沒了，保健產品和藥包多了。那會，她已無法再拿著藤扇為我拼命扇風。她就算拿著它，也只能一邊慢慢地扇，一邊和媽媽聊天。她們開始聊我的小時候、聊鄰居親人的逝世，聊舅舅以前的婚姻、聊血壓和血糖、聊保健產品、聊複診報告。她不再問我關於以後和未來。我記得小時候她很常叮嚀我，要好好學習，要做乖孩子。

過了不久，某個星期六晚上，大哥忽然把我們從教會接到外婆家。那一晚，外婆家裡聚集了好多人。我不喜歡當時的氣氛，更不喜歡大人們烏漆麻黑的穿著。外婆的房間，門敞開著，任由媽媽和阿姨進進出出，然後眼睛紅腫。直到房門關上的瞬間，我瞥見沉睡中的外婆臉上濃妝淡抹。那是我第一次看見她帶妝，也是最後一次。

那時，我十四歲，我不清楚大人們都在忙什麼。不過，我明白了一件事。從此，我媽成了孤兒。從此，那張藤製搖椅和藤編扇子也靜止了。

這麼多年過去了，我還是會想起她。或許，媽媽其實也在偷偷地想她，畢竟天底下哪個孩子不想念母親？

外婆，您好嗎？好久不見。我已經大學畢業了，目前在新加坡工作。謝謝您給的一切。媽媽有時候會烹煮您教她的豬腳醋和番茄薯條加豬肉片，我猜她也想您了吧。放心吧，我們一切很好，我也一直在學做乖孩子。如果有空的話，歡迎來我夢裡的那張藤椅坐一坐，藤椅上會放著您慣用的扇子，我們就可以回到從前，夢裡！

從前從前，想追回的新年

「明年過年是幾號啊」、「機票開賣了嗎」、「你打算請幾天假」。才剛開始慶新年，一些友人免不了提到隔年的新春計畫。真的，沒過幾天，他們已經在網上訂購機票。我的心總會愣一下，羨慕著他們的乾脆果斷，同時感受著自己的憂慮茫然。

明年工作的安排是什麼？這可會影響回國的時間安排，所以憂慮，所以茫然。

每次我訂雙程機票都需要比照從新山轉機、從吉隆坡轉機、或從古晉[1]轉機的價錢。有時還會比照從美里[2]轉機，甚至從檳城或哥打京那巴魯[3]轉機飛回詩巫[4]的價錢。如果從新山轉機，我還得安排從新加坡到新山的交通。處理這些行政事宜有時讓我心煩焦慮。

新年期間機場車水馬龍和人山人海是常見的景象。不時地確認身上的重要證件和包給家人的紅包，以免有遺漏。登記註冊、托放行李等隊伍一定排成龍形。種種的一切多少讓精神緊繃。我都會「提早」抵達機場報到，連櫃檯工作人員還沒開始上班，甚至早餐店還沒開始營業。這些事難免讓人抱怨說「過年好累喔」。

跟著家人開車一家一戶地去親戚朋友家拜年。肚子裡的食物還沒完全消化就又填滿了。回到家時我只想躺在沙發上耍廢。自己家裡擠滿了人，吃吃喝喝，熱熱鬧鬧的，雖然有時跟有些客人聊不上幾句，但一起吃喝不也是一種生活享受嗎？有時我待在廚房善後，沖洗餐具或填補年貨擺放在客廳；有時跟家裡的小朋友在屋外放爆竹玩煙花。你說，這樣的新年不累人嗎？

一場疫情將這一切打得魂飛魄散。煩人累人的新年事沒了，應該鬆了一口氣才是，但我卻想追回這樣的新年。這樣的新年似乎已是很久遠以前的事了。

註釋

1 古晉：東馬來西亞砂勞越州的首府，馬來語為：Kuching，與貓之諧音，所以古晉素有「貓城」之稱，是砂勞越境內第一大城市。

2 美里：東馬來西亞砂勞越州的第二大城市，馬來語為：Miri。美里盛產石油，因此被稱為「油城」。

3 哥打京那巴魯：又稱為亞庇，是東馬來西亞沙巴州的首府，馬來語為：Kota Kinabalu，簡稱為「KK」。

4 詩巫：東馬來西亞砂勞越州的第三大城市，馬來語為：Sibu。詩巫因福州人居多而有了「小福州」之稱，後因市議會啟用了天鵝為標誌而有了「天鵝城」的美譽。

第二輯／劇透人生的小日子

庭園深深

一家店要經營多久才能算是老店?當時已邁入中年期的四舅經營一家名叫「庭園」的餐廳,二十載尚不足,十六頗有餘,也算老舊了吧。這家台灣風味的小館,最讓我念念不忘,垂涎三尺的就是牛肉湯面。那濃郁湯底的香味似乎現在就在我的鼻子前飄揚。忘不了的還有和這裡有關的故事。

「庭園」深深深幾許。從開始營業以來,每逢過年若要拜訪四舅一家人就得到「庭園」。除了可以白吃一餐,還有紅包拿。人生最快樂莫過於如此。那個時候餐館總是滿座,客人川流不息,店員忙不過來我就客串一角幫忙。櫃檯,我站過,只能說收錢的活不容易,拿錯賬單可糟了。計算錯誤也會給顧客留下不好的印象,找錢速度慢又碰到不耐煩的顧客,那就得見識一下跟廚房裡鍋底一樣黑的臉色。收拾打掃,我也幹過。人滿為患的時候,收拾餐具可不能怠慢,抹桌子的速度要快狠準,快速擦乾淨並準確無誤地把殘渣一抹入盤,然後再快步把那堆杯盤狼籍送進廚房。

偶爾一些親朋戚友會在「庭園」辦生日會。那些大人聚在一起飲酒作樂，打麻將消磨時光。過程中爽朗的笑聲可以響徹雲霄，伴著麻將碰撞的聲音，啤酒罐相互撞擊、啤酒衝進杯與冰塊融為一體、氣泡昇華於空氣中的聲音。不時還有人叫喊「碰」、「自摸」、「十三幺」，沒贏的嘴裡念念有詞，試圖打擊對方信心，提升自己的士氣。還有難聞的煙味，深深地殘留身上，久久揮之不去。當時，大家都發自內心地在享樂。

關於這家店，還有一樣東西非常重要。拉開門進去的時候，門邊上的風鈴會鈴鈴般作響，鈴聲還未落，表妹甜美的一句「歡迎光臨」是本店的吸睛招牌，那女孩的娃娃音讓上門的食客倍覺親切。對於那風鈴的樣子我沒什麼印象，反正它清脆的鈴聲還在耳鼓裡響著。偶爾，舅舅就坐在左邊靠近冰箱的地方，他面前總擺放著一杯中國茶。舅舅略懂茶道，只要我一來，他就會拿出沏茶的器具，邀我一起喝茶。可惜我根本不懂茶。不過，觀賞他沏茶的過程是樂趣所在。

後來，「庭園」裡的風鈴越趨安靜。舅母和舅舅反倒有時間夫妻一同品茶。回想當時，有一段時間「庭園」有個大大的魚缸，大表哥養了好多鹹水魚類中品種奇特稀有的魚，也砸了好大筆錢來支付養魚費用。這魚缸也成了餐館裡的一間小型水族館。後來，魚一條接一條的不見了。魚缸空了，寂寞了，「庭園」也變得安靜了。

迄今，我好久沒聞到那裡炸臭豆腐的味道了，我也好久沒聽說有人到那裡慶祝生日了。前些日子，從媽媽那兒聽說，舅舅肺部受感染而住院。後來，出院後不久還是繼續經營他的「庭園」。

多麼希望他的子女可以讓「庭園」的風鈴繼續搖曳作響，讓魚缸再度充滿生氣，讓「庭園」重新奼紫嫣紅。

平安去了哪裡？

最近說到搭飛機出國玩時，心裡總有餘悸，怎麼航空事故如此頻繁？怎麼自然災害在不同國家頻頻發生？怎麼人類還愚昧無知地你爭我奪？平安去了哪裡？恐怖分子縝密的陰謀正在某個角落悄悄展開、不明病毒正在無情地在某個角落散播肆虐、冷血的人正在上演宮心計鬧得人心神不寧。平安又去了哪裡？

我忘了世界在變，在變好，也在變不好，心裡多了不捨、牽絆、無奈、茫然……以往出發前主要準備上網訂購機票和住宿，至於行程，稍微有個譜即可，一切靈活處理；如今似乎無法那樣瀟灑。飛機安全嗎？目的地安全嗎？那裡的人好嗎？我有什麼事還沒完成？我有什麼話還沒說？我有什麼要交代？

出國前，我打了一通電話給媽媽。接電話的是小姪女，驚覺她發音、咬字和語速突飛猛進，可以和我聊上數分鐘，聊她在幹嘛、聊她的畫，還可以請她把手機交還給我媽並清楚交代是我在電話的另一頭。長大了，我有點欣慰。還好打了這通電話。在姪女與我媽的童言童語中，心總算放輕了點。家裡如常，不好也不壞，心覺得踏實一點，溫暖一點。

等一下飛機準備起飛的時候，我會試圖猜想接下來的旅程會如何。外頭的海闊天空會對我仁慈嗎？心可以毫無掛慮地隨著風穿過雲霧找到自由嗎？不說未來，就連下一步會如何，誰都難以預料，所以我說，人是渺小的，抵不過風，贏不過沙，敵不過水，逃不過火。珍惜生命，珍惜當下也不過多說而已，誰不懂？

這個時代，平安很難找。如果你找到了，請告訴我。我先唱著歌安撫著懸浮的心，如果行不通的話，再另尋他路，直至找到平安為止。

白色新年

不曾想過從小到大對我而言都是紅通通，喜氣洋洋的農曆新年也會變色，變成醫院病房一樣，好白好白。

一個好端端的人竟在一夜之間，被醫生宣告體內兩個腎臟再也無法操作。你說，過年前獲悉如此噩耗，怎麼不讓當事人冷笑後頓生酸溜溜的感覺。那是過年特別禮物嗎？還是，那是一生中最具滑稽的笑話？

他是我表哥。那次農曆新年我和他們全家一起過，有歡樂，有幸福，也有點沉重。那時的「祝你身體健康」，似乎取代了「祝你新年快樂」。來家裡作客的，嘴巴上說著新年賀詞，心裡滿懷殷切盼望對方平安康健。

他一星期內必須到私人醫院洗腎三次，一次四小時。兒子病了，母親怎能不受影響？一切的難受、疼痛、傷心，不言而喻。無法感同身受的我又如何能體會他所經歷的點點滴滴？

我們還能笑著聊電影劇情，我們還能笑著聊服飾手錶，他還能笑著給我看他在洗腎時與阿姨的合照；這比不斷慰問、嘆息、傷感和流淚更具療效。

一天，有一家人到訪。迎接他們入門並彼此祝賀之後，我移步到飯廳，準備包裝飲料給小朋友，遞給長輩們各一杯溫開水。有位大叔笑著說「還是白開水最好。」我只是對他笑一笑，沒作回應。他的那句話在我聽來是一種感慨。隨後氣氛開始熱絡起來。坐在飯廳的我還以為他們聊孩子的小學成績、聊新衣的款式、聊蛋糕餅乾等其他好吃的年貨。仔細一聽，原來聊的是病情、醫學、醫生和醫藥保健等等。

一位大叔步伐蹣跚，原來因為糖尿病雙腳腫脹，另一位大叔已經開始服用抗高血壓藥物。還有一位大嬸坐姿總是特別直挺，向左右兩邊看時，頭部無法靈活擺動或轉動，必須移動上半身。原來她曾患有頸椎癌。

從我的角度望去，那一幕好像在診所，好像在病房。

大嬸的聲音很嘹亮。她大方分享對抗病魔的過程。醫生診斷出她患有末期頸椎癌時，被告知動手術的成功率渺茫。夫妻為此猶豫不決，成則喜，敗則淪為植物人。最終她決定進行手術，聽到這裡，我莫名地為她感到慶幸。

她還得顧及當時只有七歲的女兒。因為她的病情，女兒在學校常被同學當作消遣，所以夜裡常躲在棉被裡偷偷流淚。慢慢的，一切都成為過去。大嬸在康復當中，定時去復健與檢查。她的人生真的宛如一齣電視劇。

她的話很有影響力，「不要放棄人生中任何求生的機會，哪怕只是千萬分之一的機率」。她與阿姨相擁。她的擁抱和她嘹亮的聲音一樣極具感染力，也深深感動了阿姨。

其實新年沒有變色，周遭的人事物不過把「紅」與「白」真實地體現出來。這就是生活。不如意之事不會因喜氣洋洋的農曆新年而對我們手下留情。

後來，「一定要健康喜樂」，成了我慣用的祝福語。

當死亡靠近時

這是很多華人忌諱的事，但務實一點就不會避而不談了。我最近才發現，原來死亡其實離我們不遠，一直以來都在周遭出沒，偶爾近一點，偶爾遠一點。小時候只是童心容納不下它，現在卻不同了。

小時候參加葬禮或出席與死亡相關的活動，屈指可數，或者說，記都記不得了，如何數算？偶爾也耳聞大人在聊天當中提起誰又去世了與箇中死因等等。

如今，死亡不再只是直接從他人口中入耳，還像枕邊人一樣親近。因骨痛熱症住院後好多年，又一次因蚊毒基孔肯雅症入院，讓我覺得，死亡好近。

有時走著走著，看見某戶人家在辦喪事，有時走著走著，到了某個親友的家參加追思會、有時會擔心家人會因疾病而離世、有時會擔心自己會一覺不醒或因意外而斷送性命。

或許這樣沒什麼不好，死亡一直都在，至於何時到訪，不是最重要的，學會

「既來之則安之」比較實際。

我們是否想過，人死後有多少身後事要處理？而多少是後人能作主的？若我們能事先安排好一些事，後人就不會因爭執而陷於窘境了吧？

對我而言，一人殞落是他人的一種負擔。我們常說要「有頭有尾」，而我說，生命接近尾聲前，記得自己編排好，編寫好。

善變的說話姿態

踏出社會之後所領會的事不少。說話之道是其一，一種極為重要的生存技巧。一種米養百種人，與不同的人共事，說話的方式不能一成不變。表達方式、理解方式、做事方式等方面因人而異，「話」也就得跟著變。

簡單來說就是「見人說人話，見鬼說鬼話」，但此話可褒可貶。對我而言，「話」說得真誠、說得有情、說得有理，比較可貴。那些阿諛奉承、油腔滑調和冠冕堂皇的話，我說不出口，也讓我消化不良。有些人對有錢有勢的人可做到如魚得水，如果為了飯碗，只要不傷天害理，那就自行拿捏，自行定奪吧，所以我說，說話姿態是善變的。

那對朋友和親人呢？一般我們與朋友，只要互相信任便可無話不談，話中無刺，相敬如賓。可對親人呢，卻截然相反，或許是「無聲勝有聲」，盡可能保持沉默；或口出惡言粗話，要不然就是苦口婆心地訓話。偶爾長篇大論，偶爾短但卻反覆播放。兒子與朋友之間有說有笑，與家人聊不上幾句話就顯得不耐煩或動怒。媽媽與友人的孩子寒暄問暖話家常，與自家孩子卻像在發號施令或者滔滔訓話。於是，本該屬於雙向交流的溝通橋樑不復存在。難道親人連朋友都比不上嗎？

我們是不是都該自我省察？或許我們都需要一面「照妖鏡」來提醒自己，無論和誰說話，我們都應該以最佳姿態，學習溝通與交流。

拐著也要去游

手一碰牆就馬上雙腳落地，然後氣喘吁吁地到邊上吐口水，好想馬上離開泳池去吃晚餐。轉過頭察覺一位大叔，大約年過六十，拄著拐杖有點踉蹌地緩緩走向更衣間。我定睛凝視。

大叔剛從泳池上來，一隻手拄著拐杖，另一隻手拿著浮板、泳鏡和呼吸管。我目送他走到門口。他推門進更衣室的時候有點障礙，但還是走進去了。見之，我的呼吸也漸漸趨緩，原本想幫忙開門的念頭瞬間消失。若是以前的我定會頓生惻隱之心，現在的我心裡萌生敬意，還有一種莫名的感動。

較早之前我竟然為了一回仰泳游歪了而懊惱。對於自由式非常抗拒也非常沒有信心，擔心游一半氣不足，呼吸不順或體力不支。我真的憑什麼啊！還不到一個小時就想走人?心早已經凿了一個大洞想躲起來，無地自容的感覺強烈到極點。

後來我多游了一會兒才到更衣間梳洗。正準備揹起背包離開，那位大叔從洗澡間冒出來。他才梳洗整裝完畢。我近距離地掃視，發現他一邊膝蓋比另一邊的低一點，雙腿之間的距離有點寬，右邊的稍微往外呈一點弧度。再瞥眼一看，恰好與他雙眼對視，我禮貌性地點頭微笑，然後離開了。

大概十五分鐘後，「啊，我忘了拿外套。」走回去領取的時候，看見他和另一位大叔坐在板凳上聊天。一邊想著「他們應該是一起來游泳的吧，有這麼一個人願意一起做彼此都喜歡的事，也算一種刻骨銘心的幸福吧」，一邊離開了游泳中心。

接下來每次游泳，都會想起他。想起他的時候，彷彿能堅持多游幾分鐘。或許他根本不常游泳，我也沒目睹他在池裡怎麼個游法，反正那麼一次的偶遇就足以讓我記住一輩子了。

人是最複雜的動物

有些人很愛買盆栽，有些人很愛沉浸在綠意滿溢的餐廳，有些人熱愛捕捉大自然的美景，可是對於保護自然的工作又做了多少？

有些人熱愛拍攝動物的照片，有些人很愛寵物，看見貓和兔情不自禁地發出高八度的娃娃音亢奮地說「好可愛哦」，有些人週末帶著狗在咖啡館外用餐，桌上不是香腸培根就是炸雞翅，試問對於保護動物的工作又做了多少？

有些人願意為減少食物碳足跡而改變飲食習慣，但卻還未能完全改掉愛購物的陋習。

有些人很愛小朋友，是因為他們是別人家的。自己卻從不想擁有。有些人則非常排斥與小朋友有任何溝通交流，一丁點的交集都讓他們想翻白眼和口吐白沫，但我們每個人不都從小朋友蛻變而成嗎？

有些人可以把別人家的孩子，明明樣貌與成就一般般，吹捧得直飛青天，只差沒變成龍或鳳，但對於自家的孩子可以貶得一文不值，當廢物一樣唾棄。

有些人可以在別人絕望頹廢時，成為最賣力的啦啦隊長，化身為陽光天使照亮他們的前程；但當自己深陷其中時，卻無法自拔，甚至越陷越深。

有些人可以大力支持身邊的人去做他們鍾愛的事，但對自己卻過於吝嗇，或帶著自卑心理，認為自己什麼都不配值得擁有。

還有很多事例還未提及。明知道人是非常複雜的，有些還無所適從，有些變本加厲，有些卻習以為常。

生命可貴，周遭的人事物值得珍惜，同意吧？未來是變數，誰都不知道自己會變成什麼樣，同意吧？如果說，我們以後都患上老人癡呆症，你會為不想忘掉的回憶做些什麼？還是，你從頭到尾都不在意周遭的人事物？

閒情的路燈

我以同樣的姿態站這裡好久好久了。熱情的太陽和多情的雨水與我相伴。當天空又為了什麼芝麻蒜皮哭的時候，就是我洗澡的時候；熾熱的陽光是我的吹風機，不用半晌就把我吹乾了。

飛鳥偶爾停在我的頭上，總是說著我聽不懂的話，唱著我不會欣賞的歌，最可惡的事，總是把我當廁所，一天內可受到三兩次屎尿伺候，還有誰比我更倒楣？除了鳥，還有貓狗也極度缺乏修養，總是喜歡在我腳下方便。後來長出的野草野花難怪特別翠綠嬌艷。

白天我通常比較悠遊自得，停在附近的車輛與我如同井水不犯河水，而又有多少雙眼眸閃過我的影子？好多好多的故事都在晚上才發生。

有一個女孩迷路了，低頭在哭，走了幾步又停下來。「以後不敢自己一個人在外面玩到天黑了，媽，妳快點出來！」字裡行間夾雜著啜泣聲。「女孩，不要怕，我在這裡陪妳！」可惜她聽不見。我只能在原地默默站著，給哭花的雙眼一點亮光。因淚水而模糊的視線讓人更無助。

那群修築馬路的人怎麼到這個時候還在忙啊，他們不就是我在白天碰到的同一群人嗎？物資薪資我無法提供，但願一絲絲光亮可以讓你們工作順利，大家安全無事。如果累的話，歡迎到我腳下坐一坐，喝一喝，要靠著我小睡片刻或閉目養神，熱烈歡迎。

我也見證過好幾場愛情故事，是名副其實的電燈泡。有一對小情侶在我身前，男孩跟女孩提出分手。女孩一言不發，只是呆望著地上。男孩輕拍她的肩膀說對不起，掉頭離開。我還來不及跟她說：「他在轉頭的瞬間很難過地哭了，其實他並不是想像中那麼無情和灑脫。」她就已經離開了。

一天晚上，她坐著一輛搬運公司的車走了，之後她蹤影不見。希望我微弱的光可以讓她看見這世界還有很多好男孩，不要絕望。

我也當過證婚人。曾經有個羞澀的男孩支支吾吾地問：「妳……可以……

嫁……給我嗎？」他費了大半輩子才完整地說出來，我一度懷疑他患有全世界最嚴重的口吃。女孩愣住，羞紅的臉頰在我打的燈光下更加可愛動人。男孩從牛仔褲後面的口袋裡拿出一枚戒指，但那過程真叫我心急，不曉得是盒子太大，卡在口袋裡拿不出來還是小到連放在口袋裡也找不到？難道他雙手還患有神經炎？我都快跳電了。

「女孩，接受吧。」這次，我好像真說出了人話，他們終於聽得懂。

他們一邊走路回家，我一邊把他們的身影拉得長長的，長到足以環繞整個宇宙，再彎成一個超級無敵大的笑容。

一直在這裡當路燈也有好幾年了，閱人無數，生活也多姿多彩，豐富充實。我好想問「不知是否你能注視我一秒，不知是否你會珍惜我的存在？我在你心中有地位嗎？我不在的話，你會過得如何？」。

其實我偶爾會因為太高而覺得有點冷。

第三輯／夢裡夢外的房間

給我一個角落

不知道什麼時候開始，我愛上了「角落」的小空間。

每回抵達圖書館，我會自動地搜索角落的方位。一樓沒有就到二樓，層層往上尋找。直到覓得角落，便窩進去聽音樂看書。光臨咖啡館時，總會要求服務員安排我坐靠角落處，再來個甜點套餐，吃著馬卡龍，再喝一口薄荷茶。

以往在大學裡，就喜歡獨自坐在最角落的凳上發呆。偶爾看看來回走過的人，有身穿漂亮連身裙的女生、或打扮得挺有格調的男生，腳上卻夾著一雙夾腳拖。這就是角落發現的奧妙。只要給我一個角落，我就可以自得其樂。

曾經有人好奇地問我，為什麼每次都選擇坐在角落？我愣了幾秒，聳聳肩。漸漸的，這已成了一種習慣。

角落，可以讓我睡得安穩；亦如鏡，叫我安靜地觀察人與物。有的人一直皺眉頭，有在撿破爛的體弱老公公，有些人紋身遍佈全身，有的則濃妝豔抹。這都是為了什麼?

眼睛掃描了，所有的不喜歡和不應該都要盡量刪除，以免發生在自己身上。我似乎成了思路最清晰，雙目最敏銳的旁觀者。孤單一人，坐在角落比較不占位，可以讓孤獨感落下之後慢慢散去。從角落放眼望去，是他們的歡慶、舞動、歌唱、談心，甚至品酒;笑聲也感染到了我的空間。

若是一人獨坐中央，不只礙眼也礙事，不夠全面的映入眼簾，稍嫌掃興。靜坐角落反將所見盡收眼底，離開時不一定有人知道。也許散場之際，他們才發現有人從角落溜走，那又如何?我帶走的比任何人還多，那就夠了。

如果恰巧你喜歡中間的位置，我會留給你。如果我來了，請你給我一個角落，我肯定心滿意足。之後我走了，我不介意別人坐在那角落，但我希望你先坐，因為我在那裡留下了一種依靠、幾分安全和些許溫暖。

還好夢受傷了

說到夢，誰沒有？人生因它而披上一層薄紗，增添了一份神秘感，也多了一份美感，讓人微醺。然而，誰的夢不曾受傷？

有些人在還沒開始夢之前就已經受傷，可倘若連夢都沒有，又談何受傷？有個女孩幻想某日可以頭上綁一粒髻、身穿舞衣、腳著舞鞋在台上輕盈地跳著芭蕾舞，但她媽媽覺得她體格稍大，體重不符合她心中芭蕾舞者的既定印象。於是，女孩像被操縱的傀儡，乖乖地去上游泳課，扼殺了女孩的芭蕾夢。

其實大人也一樣。一位任職多年的會計師總是被上司批評得一文不值，故作針對，在其苦心備好的財政報告雞蛋裡挑骨頭，連多看一眼也不屑就退貨，要求重做。

久而久之，原本對於會計行業信心滿滿，熱忱十足的他，不自覺地，夢被澆滅了。大人的生存能力比小孩強一點。受了重傷大不了換個環境，或許因禍得福，可以很慶幸地說：「還好我的夢受傷了。」夢因此更茁壯，找到另一片天空。

小時候的我很喜歡坐在台下聽同學唱歌。看著他們拿著歌唱比賽的獎杯對著相機一笑，照片過不久就會出現在校園布告欄上。我不會唱歌，也沒有唱歌的習慣，更沒有人鼓勵我去唱歌。這夢就一直被藏著，染上塵埃。

一直到了中學，我嘗試哼唱著當時的流行歌曲，可是很多人都說不好聽，於是一蹶不振，不再人前獻唱。沖涼房成了我最安全無阻的舞台。

我第一次拿著麥克風在朋友面前唱歌是二十一歲那年。夢雖受過傷，但我必須突破自我。於是我在他們面前連吼帶叫，自我陶醉地模仿歌手，反正傷過了就不怕再傷。還好，他們的人都很好，覺得特有娛樂效果。

我就帶著這樣的心態，參加教會的詩班，也厚著臉皮找人切磋交流，慢慢地抓到了基本竅門。對於唱歌我略懂皮毛，可無法與專業水平相提並論。我想只要能以最簡單的方式唱完一首歌，夢就會好過一點。

我不怪當年的傷，反而，我因此懂得更加呵護它，只要它不熄滅，我就可以繼續做夢。若再次受傷，我也懂得怎麼處理傷口。

白紗、白燭、白玫瑰

很多女人在一輩子中最期盼的事就是戴著白紗，身穿婚紗，手挽著老爸的手，走在紅地毯上，走向新郎。我不是女生，無法理解，當然那並非絕對。

那是婚禮中最能感動我的其中一個環節。我出席過好幾次教堂婚禮，還是自家哥哥的最感人。大哥和二哥早已結婚。最近就連我和老么一致認同最好吃懶做的三哥也結婚了。像他這樣也能結婚，那誰也無須擔心結不了。

結婚是人生大事。不管是按照基督教教義還是按照道德規範，它是一輩子僅只一次。白紗穿多了、白燭燃多了、白玫瑰擺多了還珍貴嗎？當年大哥和大嫂肩並肩跪在十字架前一同宣誓的畫面仍記憶猶新。那時我的心弦，撥動了，鼻酸了一下，絕對不因爲當時我大哥跪著時鞋低的標價清楚可見也不是因為當時我是一隻病貓哦！

二哥結婚當天，最讓我印象深刻的是他站在紅地毯的一端，等待另一頭的新娘走向他，臉帶笑容，那雙早已看慣了的瞇瞇眼當然笑成了世界上最細微的線。那女孩挽著父親的手，走在紅毯上，這一走也走了九年，如今長跑的愛情有了美好的交代。這，沒有終點，他們會一直走著。

最近，三哥婚禮感人的畫面頗多。我想是因為沒料到平時吊兒郎當，當年很常被媽媽嘮叨的他終於成為可以讓女人終生依靠的厚實肩膀，成為新家的支柱。爸爸一大早為他披上西裝大衣，調整領帶的畫面雖然我沒親眼見證，不過有照片留念，久久留在心海裡揮散不去。

在教堂婚禮現場，當新人佇立於十字架前，念了信約後他為她戴上結婚戒指的片刻，很讓我感動。那位小時候很常跟我討零用錢後騎腳車到附近雜貨店買零食、在廚房煎荷包蛋時擔心被油濺到而站在離火爐有三尺之遠、總愛在夜深人靜時看恐怖片但害怕被嚇破膽而硬拉著弟弟陪看的三哥，如今已為人夫。我衷心祝福他們幸福安康。他們會一直長跑下去。

白紗會變質泛黃，白燭會燃燒殆盡，白玫瑰會枯萎凋零，不如品味它們在不同的人生注入的五味雜陳！

做夢也很傷神

昨天你在大雨的夜裡睡去，外頭風在刮，讓你似乎帶著淡淡的醉意睡去，然後夢見春天一片綠意盎然，花草叢生，遍地生機，是一種美好的應許吧？醒來後問問捲簾人，她似乎知道你的夢，回答說：「海棠花還在盛開著。」於是走近一看，發現春早已逝去，原來只是夢一場，然後黯然神傷。

誰不曾發過惡夢？我夢過家人遇難或者碰上意外就此天人永隔。曾夢到車子撞上超速的大卡車，原以為卡車上載的是木頭竟是殺人不長眼的血滴子！當下我手腳抖擻了一下便驚醒過來，愣了數秒，呼出一口氣的同時心裡默念：「還好只是夢」然後哄著自己入睡。這下可費時了，翻來覆去好一陣子才又睡去。隔天醒來感覺特別累，好像熬了三天三夜，精神有點難以集中，不時還會回想那片段。

有時候還會夢見親人逝世。夢見仍然健在的親人倒無所謂，但夢見已逝去的親人反而是一種煎熬，如同在傷口多劃幾道再撒下大把大把的鹽。夢還在進行，但夢外的我已不受控制地默默流淚，臉頰濕了，枕頭也濕了。夢裡在床邊哭喊著叫爸爸不要離開；夢裡蔚藍天空中的白雲變成久未謀面的外公的臉龐，我對著他非常開心地揮手。不到一分鐘，他就笑著漸漸散去，輪廓隨著雲朵變形而慢慢消失不見……這樣的夢真的很傷神，醒來之後患得患失，在夢裡可以瞬間擁有所失去的，也可以瞬間失去所擁有的。呼，只是做夢，然後程式化地走去廁所洗漱，腦海裡澎湃無比。

像李清照那樣夢見綻放花色的春天固然美，但美夢與現實有所差距。人皆有情而動之，有人因此而寡歡，失望，憂鬱，覺得美夢遙不可及；也有人因此變得豁達、積極，而又多期待，覺得美夢近在咫尺。那惡夢呢？相較之下，它像橫行霸道的路人撞上你卻裝著一副若無其事的樣子，然後離開。而被撞的你還站在原地輕揉疼痛的肩膀，孤立無援地目送那路人遠去。

夢，如人生無人能掌控。如果說「日有所思，夜有所夢」確切不疑，那就日日想著所向往追求的，或許就會夢見。不過若到最終只是夢一場，也一樣傷神。反正活著是少不了夢的，是美夢抑或惡夢，跟它打一場太極，柔中帶鋼，借力打力往前推，反而可能走得更遠。

春天已過並非什麼大不了的事，其他季節也一樣美，同時堅強地等候春天的再來。那就沒什麼值得我們黯然神傷的了。

他的影子是勁草拉長的

我從來不知道原來他來自破碎的家庭。

有天晚上，我們約好去吃甜點，走在路上就開始聊家庭故事，忘了是誰哪壺不開提哪壺。

那一年，他五歲，見了媽媽一面之後就毫無下文，但對於她的印象不模糊。小學的時候，是同學們欺負的對象和笑柄，只差沒成為人人喊打的過街老鼠。他不明白為什麼有些同學對他時好時壞。對他好的時候，錢包裡剛好裝有爸爸給的零用錢，書包裡剛好備有奶奶買的零食；對他壞的時候，錢包裡沒有零用錢，書包裡也沒有零食。那時他總覺得同學說的話特別刺耳。那時他總覺得沒有媽媽是一種滔天大罪，彷彿和路邊的草沒什麼兩樣。

中學時期，他面對的是旁人異樣的眼光。獨自相處不是一種病症，反而，他覺得更加自在，更加輕鬆，更加愉悅。過於封閉不是他的錯，極度自卑不是他的錯。他就是無法主動向前跟人說一聲嗨。比較親近的朋友，屈指可數。還好，有鋼琴成了他傾訴心情的對象。透過音樂和歌聲更加了解自己，他找到了生活的重心。

升上學院之後，他加入舞蹈社。在舞蹈老師的鍛煉下，他參與好幾次匯演。舞台終究不屬於一個人。他只好順應環境，學習與人合作、學會結交朋友、學著與不同的人溝通。那時，他也接觸了信仰。上帝成了他另一個傾訴對象。

漸漸地，生命似乎有了轉折。他放棄在生活中演獨角戲。故事聽到這裡，我心中欣慰不已。

二〇一二年，這一根「草」竟然鼓足勇氣參加電視選秀比賽。在百花齊放的競爭環境中他盡全力展現最好的一面，最後獲得了亞軍。他沒因此歡呼雀躍，反而為自己的勇氣、意志力和求生鬥志在心裡辦了一場別開生面的慶功宴。同年，他媽媽竟然在他的生日慶祝會上出現。沒想到原來她還健在。

我心想，過去因為母親在成長過程中缺席而忍受的欺辱和唾棄，他當下的心情難道不會像大浪一樣洶湧澎湃，像針扎一樣刺痛酥麻嗎？如果你說不恨她，我覺得是虛情假意；如果你說不介意，我覺得是故作大方；如果你說不悲慟，我覺得是故作堅強。

他當真若無其事的與母親擁抱。若換作是我，肯定辦不到。莫非是血緣關係產生的神奇力量嗎？既然她願意出現，就願意承擔一切。這是他們母子第一次緊緊相擁。

聽著他的故事，我也感受到當時擁抱散發的幸福。擁抱時看著不同的方向，一切盡在不言中。以前不懂的，現在懂了。以前他爸爸不說的，現在懂了。

他母親在跟他爸爸離婚之後改嫁了三次，現任丈夫是日本人，她目前暫居新加坡。居住在日本期間，他母親在某處的燈紅酒綠中維持生計，長時間下來掌握了一些簡單的日語。現在她重操舊業，服務的對象以日本客戶為主。她是否過得好，我沒過問。我選擇相信她過得很好，當作一種祝福。

我真的無法想像這麼多年來他是怎麼挺過來的，竟然走著走著，拼拼湊湊，能把原生家庭的破碎視為過去。我深信上帝是公平的，一邊雖然有缺口，祂會在另一處雙倍賜福。他身上創作與表演光環，讓我開始覺得他與眾不同。乍看路邊的野草，碾過割過砍過吹過打過以後，依舊挺直腰過活，長得更好。

刺青

我年少時後就覺得刺青酷斃了，也覺得它具帶強烈的街頭風，刺在身上，潮感十足。

有一次在理髮時，我坐在椅子上一直觀察著髮型師，不是他怎麼處理我的髮型，不是他把我的瀏海剪得有多短，不是他身上的修髮器具和服裝造型。深深吸引我的，是他兩邊手肘上的刺青。圖案得經過刺青師傅細膩地「雕琢」才會如此精緻分明，如此栩栩如生。

「請問方便分享這些刺青的意義嗎？」我禮貌性地問。出乎意料之外，他停止操作手上的剃刀，稍微調整一下袖子然後露出更多刺青。當下我嘩然不止，似乎店內所有人都聽見我心裡的驚嘆「也太多了吧？」。

每個刺青相連著，藏著他的人生故事。左右兩邊的手肘上刺有蜘蛛網，他說，那象徵陷入某種糾結的狀態，如在吧檯喝酒，喝的時間長了，便會像蜘蛛織網般持續蔓延。

忽然，他冒出一句「不要碰毒品。」這我知道啊，不過從他嘴裡說出來好像特有震撼力。他指著手背上的骷髏頭說「這是因為我吸大麻」，與它相連著的手銬，是被關進監牢的印記。這些是近墨者黑的代價，這些是一時貪玩的賠款。他的話不多，說完淡然一笑，好像一切不過是遊戲。說不定他還經歷過其他大風大浪。不過，既然可以這麼淡然，可以這麼豁達地一笑置之，那就拋至九霄雲外，又何必刺青？

刺青，或許是一種記於表面卻直達心底的記憶法，記著不該忘、不能忘、也不可忘的。

他讓我想起一位年齡相仿的女孩。她在頸項後面刺著羅馬數字。有一次練舞結束後，走在她的後面，高高紮起的馬尾讓刺青特別顯眼。一時口快就問了她數字的意義。「父親的生日日期，當作他離世之後的紀念。」她輕柔地道出，卻撼動我心，句點後的微笑與髮型師的一樣淡定。我心中直嘆，「她怎麼做到的？」那並非故作堅強，那並非毫不在乎，那並非無動於衷。真的不簡單，那不是刺青的痛能掩蓋的，那不是刺青的圖騰能遮蓋的。

「盲目跟風」似乎不符合在身上刺青的「資格」。後來，我的念頭自然而然成了模糊的黑白記憶。

有些刺青背後的遭遇已經痛得那麼刻骨銘心，還要以刺痛的方式去記載，載與身上，揮之不去。為何？或許近乎體無完膚的命運會顯得完全、唯美？以娛樂歡快的方式去消磨或記念一切錐心刺痛會比較好嗎？

認親

世間的滄桑變化讓血緣相連的人在世界不同的角落生活，變成陌生人。有的人在從不知彼方存在的情況下活了一輩子，一代又一代，間中的隔閡成了深不見底的溝壑；有的人相互聯繫上了，生活變成一部精彩絕倫的長篇小說，世界也似乎小到只要拿出小叮當的任意門，彼此就相聚了。感覺說得好像自己經歷了什麼風雲變幻似的。

從來沒想過戲劇中親人相認的情節會發生在我身上。有一回到上海工作，爸爸在我不知情的情況下聯絡了他在上海的表弟，告訴對方我人在上海。從來不記得爸爸曾提及他在上海有個表弟，更別提我曾否見過這位表叔。爸爸發來的簡訊中有兩個重點，就是表叔的手機號碼和交代我聯繫他。如果不與他聯繫，好像說不過去，但內心深處卻像被觸碰的寄居蟹一樣，藏匿於螺殼。

自我「開導」了好幾個小時，也在心裡寫好了對白後，我才撥電給這位「表叔」。從一開始像與陌生人自我介紹，直到寒暄、再聊聊工作、生活和家人近況，最後我們決定約出來聚一聚。從通話開始到結束，隱約有股親切感在心裡暗湧。

那天晚上的心情比第一次約會前緊張興奮的情緒更複雜。在見面之前我到旅館附近的超市買了水果，也從爸爸口中得知表叔育有一子，至於幾歲，我們不曉得。我買了一些老少咸宜，大小皆愛的零食。表叔在抵達旅館前致電告訴我在大廳會面。

我雙手抱著準備好的伴手禮離開房間到大廳去。表叔已經在大廳等候了。面對大廳的落地窗，那背影似曾相識，頓時在大廳的人我都視若無睹。他轉過身，我對他笑了。那背影、那身高、那臉型，我幾乎錯覺是我父親，那股莫名的親切感來勢洶洶。

上車後，我們到處兜風。夜景不是話題，聊的是人世間的滄桑變化。譬如當年表叔的外祖母為什麼離開老家、為什麼把她賣給別人、外祖父以前長什麼樣子、他們怎麼認識彼此等等。所有問題的答案卻已隨先人而去。當年的動蕩不安，想必留給後人許多不解和困惑。

當聊到表叔公在兩年前過世，我瞬間成了啞巴。車內的空調發出的聲音特別大，我的眼睛偷瞄了正注視前方開車的表叔，他眼中的淚光是刺眼的。我撇過頭往左邊車窗外看，那時的夜上海，雖然華燈起、車聲響，但歌舞昇平的背後，倒覺得多了一份淒淒慘慘戚戚。之後我們不約而同地轉換話題。血緣，讓我們才有如此的默契吧？那晚的結束是兩家人頻密聯繫的開始。

當時除了覺得人生多了一份新體驗，對於親人，我想我有點認上癮了，身邊還有多少不曾相識的親人，能認多少就認多少，否則枉費在體內正沸騰的血液。

我們的故事才剛剛開始，人生才剛剛變得複雜些。我喜歡這樣的複雜，複雜得很美很美。

瞥見夢裡的紅樓

香港著名舞台劇導演林奕華重新演繹古代名著《紅樓夢》，予以現代風貌，讓年輕一代不抗拒一瞥紅樓裡的夢。劇本、服裝、音樂、燈光、背景等各方面都經過一番心思設計。整齣劇帶著我從仙境回到凡間，再回到仙境，讓想象變得真實，也不禁讓人反省和思考人生。如果我們都是劇中的賈寶玉有機會回到過去，再次經歷一切憂喜悲歡，你要嗎？

我要，就算知道一切將以悲劇收場卻又無法改變事實。我想念那些曾經在生命中出現但比我早消失的面孔，想念和他們相處的時光，想念和他們一起生活的環境。我會更珍惜這次的重遊，一切會更刻骨銘心，一種就算被迫去忘也無法遺忘的刻骨銘心。

「不要吧！我得再次經歷悲劇，再次經歷我愛的人先比我早離開，再次經歷擁有後失去的痛」。但這些不正是該重遊的推動力嗎？人生本來就有喜有悲，既然都要生活，又何必害怕經歷或逃避？再次經歷悲劇確實殘忍，不過，或許越痛越悲後更容易釋懷。

飾演賈寶玉的香港藝人何韻詩說「每個人都是賈寶玉」。雖然不是每個人都出生豪門世家，但生活中一定都出現值得我們愛和愛我們的人，因此，無論學歷有多高，好好學會愛是人一生中必修的學問，否則一切枉然。

如果我們都含著一塊寶玉出生，切記，勿高興得太早，付出代價了嗎？要成為一塊玉不簡單，從一塊石頭開始，歷經磨難才能冶煉成。因此，就無所謂悲劇不悲劇，反正這就是代價。第一次經歷時或許無知、懵懂、不解，那就再經歷一次。

我們擁有的金銀寶玉等榮華富貴不過是幸福與愛的表層，當中蘊藏的情感關係，如同皮膚底下流動的血脈，讓心暖和。

一場即夢幻又真實，長達三個小時多的演出，讓我瞥見一切發生在紅樓裡的高跌起伏，震撼我心。我愛紅樓，我愛紅樓夢，我愛紅樓幻境。

如夢的蘭花

你是否曾做過一場「如夢之夢」？

在夢裡做了一個夢，夢見一個人在說故事，故事裡有個人在做夢，夢見有人在說故事。這場夢若說成是現實生活中的境遇，它可長可短、可真實可虛幻、可坎坷可平坦、可華麗可平淡，可簡單可複雜。無論怎麼樣，我敢肯定，它絕對不會是單一的，而是如同蘭花一般多樣，這樣才美，這樣才香。

台灣舞台劇大師賴聲川的作品《如夢之夢》從一個年輕女醫生第一天上班便面臨難題為始，然後點著蠟燭聽著病患說故事。故事裡說病患追究妻子失蹤的真相，之後又遇天安門事件、學畫畫學生的故事，再穿梭到舊上海時期妓院的故事；然後透過一名曾是妓女的顧香蘭將時空順理成章地帶回現代，間中還穿插了一些寓言故事。

這些看似獨立的故事，卻又彼此相連。從顧香蘭身上似乎看見病患的妻子之身影；囚禁於籠子的美麗小鳥，寓意是妓女們的處境，似乎也在說著那些被束縛的故事。夢也是這樣，人也是這樣，人生更是如此。

當失去的時候，就算我們知道過程漫長，結果渺茫，還是會奮不顧身地探索，想找回所失去的，想為所失去的找出真相。尋獲任何蛛絲馬跡時，都是一線希望。過程中看似無意間擁有了所失去的，幸福後的失落便是空虛，卻還是會繼續尋找真正所失去的。劇中那名病患，最終沒有找回所失去的，也查不出真相，卻從素未謀面的人所經歷的一切得到了解答，才善罷甘休，得到解脫。不曉得如此的過程，如此的經歷是必要嗎？值得嗎？

有一種夢，一種朦朧未知的夢，一種夢寐以求的夢來敲門。我們聽不懂這夢的計劃，看不清夢的未來，不過好像被囚禁了幾十載的美麗小鳥瞬間得到了釋放，讓夢牽著走，牽著飛。為了它，我們放棄籠子裡的一切，選擇遠方的朦朧。

一開始確實活在烏托邦式的美好國度，殊不知，原來依舊囚禁在籠子裡。只不過換了一個，一個似乎能容納一個牧羊人與成千上萬羊群的籠子，只不過籠子裡長滿了繽紛絢爛的花卉，卻忘了花會隨時凋零。最後才發現結局可能又是被囚禁於中，或者這夢移情別戀，找上了別人，又或者跟花凋零後入土。夢一旦過去了，和時間一樣，回不來了。

蠟燭燃燒完了，故事也聽完了。生活過了，人生盡了，也就這麼一回事。如果蠟燭知道自己的下場，它還會拼了命地把自己燃燒殆盡嗎？如果夢知道自己是美的，我想它就不會要醒過來了。

人生如夢，夢如人生，而這夢裡一定有一朵很香很香，很多樣的蘭花。一朵又一朵，一朵又一朵，一朵又……

微醺人生

偶然跟朋友談起该如何享受人生。她答非所問，憤慨地說：「最近好幾個朋友被診斷出患上癌症！」我無言以對，只保持沉默。那夜吹著的風，讓走在回家路上的我感覺比往常冷。忽然心血來潮，我提議哪天有空時去喝一杯。她爽快地答應了。我想人生得意與否都須盡歡吧。

接下來的話題圍繞著酒精飲品、調酒、價錢、酒吧等等。我們似乎忘了剛剛沉重的心和無奈，興奮得像個剛拿到棒棒糖的三歲小孩一樣。我們不是酒鬼。我們沒有酒精上癮。我們只是喜歡喝帶點酒精的飲品，帶點水果的香氣，帶點氣泡揮發於口腔裡的感覺，還有冰塊沁入心脾的感覺。在小酌同時，感覺那就是生活，活著就是要享樂，樂讓人生變美。

回到家之後，我才發現忘了跟她說，有一位和我蠻親近的阿姨有天早上忽然感到心口極度不適而送醫診斷後發現血管阻塞。當天馬上進行血管擴張手術然後住院幾日。當時如果她拒絕入院觀察，後果我不敢想像。生死真的在於一念之間啊。

很多人總在失意、失望、失落、落寞、寂寞、無奈和無助時想為這些情緒找出口，自此之後生活一片絢麗繽紛。或許這是必要的，不管出口外面的風景如何，先度過了再說。當年在台灣成功大學圖書館外與學長學姐小酌的那個夜晚，我們騎著腳車到附近的便利商店買了三、四小瓶的酒精飲品，酒精濃度不超過百分之四點五，然後在腳車停放處的台階上坐著，吹著風，聊著天。聊未來、聊馬國政治、聊馬國華文教育。那時我們都在為長大而發愁，不知道未來會變得怎麼樣。那晚的風似乎捨不得即將逝去的春天。我自知酒量差，也不想體驗宿醉的痛苦，微醺即可。

或許在海邊看著美景，小酌一番；或許在酒館聽著爵士樂，小酌一番，沉浸在美好事物中思考人生，計劃未來，感受活著的美好。當身邊少了喧囂煩噪，才能還心靈一甕濃厚香醇的酒。就是礙於人生不長，才需要偶爾讓自己在微醺狀態中沉澱，靜下心來，放慢步伐，如此，生活才能釀出最為純正的美酒。

那一夜，想著曼妙的微醺人生，我似乎帶點醉意看待一切。這世界其實很美。

那一夜，我睡得特別香甜。

第四輯／那些傷神又美好的二三事

不是連一連就能成事

生來一個人，死去一個人，那何需另一半？或許你不需要另一人的陪伴而生存，不過，你的存在一定和另一人有關，而這關係沒那麼簡單，更不是旁人「連一連」就能昇華。

曾在班上有一個性格孤僻的女生，在其他同學眼裡是個行徑怪異，舉動異常的人物，周圍沒什麼朋友。小玉偶爾會對著空氣發呆，在眼球不轉動的情況下莞爾一笑，其實表情是天真可愛的，不過大部分同學都認為她失智。每逢同學聚餐或小組作業，她都遭拒於千里之外。她經過課室窗前時，一些坐在靠窗的調皮男同學會特意壓低嗓子以最快的語速連名帶姓叫她，然後還裝著若無其事。剛開始小玉還東張西望，試圖循聲找人，但久了也就習慣了。她不是沒有情感或反應。從她繃著的臉來看，心裡是不悅的，這卻成了他們的笑柄。

後來良心發現，我曾試圖與她相處，跟其他同學一起主動邀她到食堂，還一起寫功課。她都不曾點頭答應。難道自己真的鑄成大錯讓她無法原諒？在她搖頭拒絕後掉頭離開時，我有點失望，有點惋惜。我相信她有不為人知的可愛。我試圖在關係上把她與自己甚至其他人「連上」，但都成不了事。她的世界跟核心一樣，好深好深。

成人的世界亦然，在大表哥二十七八歲時，身邊一些阿姨嬸嬸叔婆等人開始手捏小紅巾，臉上開始長出媒婆痣，忙得不可開交。到頭來還不是一場空。後來他靠自己，找到了終生伴侶，一同飛到布里斯本[1]共築愛巢。

現在，直覺告訴我，歷史快重演了。大夥兒鎖定的目標是我，她們也開始忙東忙西。真的皇上不急太監急。她們越忙，我越想跟她們分享那些事與願違的故事，很多時候，人與人之間的關係，不是小學作業本上看圖連線的習題，連一連就完事，更何況情感？

註釋

1 布里斯本：英語為：Brisbane，也譯布里斯班，是澳大利亞昆士蘭州首府，也是澳大利亞的第三大城市。布里斯本位於澳大利亞本土的東部，北緣陽光海岸，南鄰國際觀光勝地黃金海岸市。

難以啟齒

小學時候，每當我手持那張綠卡，牙齒與牙齦馬上無來由地感到酸痛酥麻。那是牙齒檢查報告。我又被召見了。向來對牙醫房裡的氣味反感，對那恐怖怪手在嘴裡動手腳時發出的喀喀聲感到極為反胃，聽了令人全身發毛。那些年，我記得補了好幾顆牙。印象中，在我中學時代，與牙醫接觸甚少。就算有，不記得也無所謂，畢竟不是多麼美好到令人回味無窮。

與牙醫沒約不代表所有牙齒相安無事，其實，牙垢、細菌等肉眼無法看見的微生物從蠢蠢欲動，一直到放肆狂妄地侵蝕，然後牙齒像睡火山瞬間變成十分活躍的活火山。無奈之下只好去見牙醫。牙醫淡定地在我面前宣布：「是蛀牙，能補的話就補，不能補的話只好拔掉。」雖然隔著口罩，她的一字一句還是清晰可聞，除了牙齦在刺痛，還我的心也是。

拔完後，我含著棉布並拿著一小包退燒藥走出診所。一回家我就把飽和了的棉布換了，躺在床上睡了一覺，似乎什麼也沒發生。醒來後除了覺得牙齒不見之處，從肉菜橫流的宴饗之地成了空虛漫漫的荒蕪之地，還免不了感到失落和悔意。當時因悔意而對自己許諾一定得花心思保護牙齒，還想了一些護牙之道，但是當吃喝照常之後，牙齒開始相安無事時，日子安穩地一天一天過去，有些事就慢慢拋諸腦後，一直到事件重演。

最近這一兩年，默默長成的智齒帶給我不少麻煩。左邊下排的智齒已經蛀了好一陣子，因為牙醫一句「智齒一般沒什麼功能，拔掉算了。」從此於口中消失。上排的智齒因長期咀嚼會對下排的空隙造成壓力，也只好一並拔掉。前陣子輪到右邊下排某顆牙隱隱作痛，還以為又是智齒出了問題。

檢查之後原來是智齒前的那顆牙蛀了四分之一。牙醫提供了幾個解決方案，其一：若無法補的話可以選擇拔掉，但之後就會在留下一個尷尬的空隙。一想到這畫面，我日後凡事肯定「難以啟齒」。牙醫還安慰說後面的智齒會隨著時間漸漸向前推進填補空缺。那怎麼能說智齒無用呢?單憑這點，應該說不是所有智齒都是無用的，有些智齒還有助於咀嚼食物。

牙齒的世界真的無比奇妙，也難以捉摸啊！活到今時今日已經沒有一副完美無瑕的牙齒，補過幾顆牙我也不記得了。但願無論尚有多少真牙，都常伴著直到入土，我可沒有要做無「齒」之徒喔！

備用的也很好

誰不曾因一時衝動的當下買了些十分鐘愛的東西，使用了一兩次後依然覺得舊的好用？尤其是身處物質豐富，選擇多樣的環境，同一個牌子的襪子可以有很多雙，設計不同，但總會慣性地穿特定的那幾雙，其他的當作備用；同樣大小的背包也不只一個，用了兩三次之後就能比較高下，然後就一直背著最喜歡，最好用的那個，其他的當作備胎。

有一次我心血來潮，打算買一台新手機來替換用了將近三年的手機。現今時代，對有些人來說，三年換一次手機算罕見現象。買手機時，我選擇一台顏色鮮艷，品牌陌生的手機，雖然和舊的一樣是智能手機，不過功能懸殊。用了不到一個禮拜，我把它收起來。它就這樣銷聲匿跡好長一段時間。

舊的用慣了就是不一樣。熟悉的觸感，熟悉的介面和熟悉的功能，舊一點也無所謂。不過，日新月異並垂手可得的東西，淘汰率自然也高一些。

這舊的手機拿去送修不只一次了。有一天它忽然停止操作，以為拿去充電後就能再操作，但卻毫無動靜，像瞬間靈魂出竅不再復返，留下毫無聲息的軀體。

那時我才想起被冷落了好長一段時間的新手機。嚴格來說算不上新了，久違後又重新使用，感覺當然陌生。不過，日久生情，我對自己說。用著用著，日子也就這麼過，不知不覺我也用上了好幾個禮拜。

派得上用場的功能來來去去就那幾樣，這台半新不舊的手機也很美啊，又能滿足我的需求。這台備用的手機，沒有什麼不好。

要擁有幾雙鞋才夠？

定睛一看家門旁的鞋櫃，數一數大約有十二雙鞋非我莫屬。除了擺在眼前，之前送走的、丟掉的，有幾雙？無從考察。我似乎有點敗家，但每一雙陪我走過人生的不同階段。

那一雙拖鞋是我長大後買過最貴的。除了好穿，最重要的是設計好看，黑底加上綠色和黃色不規則線條構成的圖案非常耀眼奪目。當時很多大學生必備一雙那牌子的拖鞋。我又如何不被捲入這股風潮？它陪我走過校內游泳池、陪我從宿舍走到圖書館、陪我和舍友在半夜時走到附近的咖啡店買宵夜、陪我從宿舍走到教授辦公室外遞交作業……

那一雙淡藍色的帆布鞋是我獨自熟悉台南成功大學附近街道的紀念品。當時打折，款式肯定在新加坡找不到，至少當時我是如此認為。於是它陪我逛校園、陪我出席校內課外活動展、陪我到腳車亭請師傅修車、陪我到餐廳買蛋餅和豆漿、陪我到附近的便利商店買奶茶……

那一雙褐色皮製靴子雖然重了點但湊巧碰上大促銷，錯過則對不起自己。我曾穿著它在冬天裡踏上長城的某個角落。那年十一月中旬，北京下雪，我身體不耐寒，那樣的氣候，當時的溫度，對生長在熱帶國家的我可說是冷得刺骨。還好有它陪我踩過片片厚雪，為雙腳遮風擋雨，讓我在異國冬季裡多了一份溫暖。

那一雙運動鞋是我某次經過某家鞋店因租約將滿而大清貨時買的。價格當然合理。沒有跑步習慣的我為它而改變生活習慣。因為有它，我週六起得早，跑到附近的運動場，空氣清新，一群近暮年的人隨著收音機播放的音樂耍劍舞拳，還有婀娜多姿的韻律操所散發的活力和生氣。因為有它，我懂了偶爾在生活上做出改變是美好的。

買鞋過程或許是性格與心境的投射。以前買鞋只要便宜好看，現在買鞋一定要買好穿的，穿了能走得舒服最重要，或許貴了點，可雙腳得護好路才會好走一點。

肉不再滋味

多年前寫了一篇文章〈愛在三層肉〉，通過一道滷肉訴說著外公對媽媽的愛、媽媽對我的愛以及我對肥滋滋的三層肉的愛。

多年後，我毅然決然，選擇純素飲食。從小到大我所處的環境以葷为主，因此對於素食的理解有限。腦海中只存有「吃素都跟佛教有關」、「素食加工食品不健康」等既定印象。

《畜牧業的陰謀論》（Cowspiracy）、《漁業陰謀》（Seaspiracy）、《地球上的生靈》（Earthlings）、《健康不可告人的秘密》（What The Health）等紀錄片多少揭露了我所不知或不曾意識的問題。畜牧業和漁業對環境造成的破壞、服飾業對動物的殘暴、政治性因素、廣告的洗腦作用等等，讓我反思，就此對動物性產品的認識產生了大幅度的轉變。

以前雞豬牛羊魚等肉，我來者不拒。有些人嫌羊羶味太重，吃不下，我理解但味蕾完全可以接受。馬來式羊肉湯、烤羊肉串等等，我吃得盡興盡歡；桌上的蒸魚，剩餘的部位，除了魚眼，一般都由我負責清空。何等美味啊！

現在所有肉類以及含動物性成分的食品與產品，我拒之門外。如今站在水果攤位前，想吃盡所有卻又不可能，感覺像面對人生一大抉擇。在超市擺滿各種蔬菜的走道上，既想買玉蜀黍、紫包菜、燈籠椒、馬鈴薯、蕃薯等等，也想買其他綠色蔬菜如苦瓜、空心菜、芥蘭等等。這些，我一樣吃得盡興盡歡。這些，我一樣吃得盡興盡歡，更間接地做到愛護地球，愛護動物。

素食產品特別是素肉等加工食品不健康、吃素會缺失一些營養比如蛋白質……我以前也這麼覺得。加工食品本就不健康，況且吃素非得食用這些嗎？我們人體可直接從蔬果攝取營養再製造成所需的蛋白質。試問，與人類基因最接近的黑猩猩以捕食其他動物維生了嗎？

有人說我執著、偏執或固執。若真是如此，我怎麼會放棄舊有的飲食習慣？怎麼會像翻書一樣說變就變呢？

人類史上有多少病毒與動物有關？若我們從不曾干涉牠們的生活，還會有禽流感、伊波拉等病毒嗎？

養一頭牛需要多少的土地、水等資源？牛群排放的溫室氣體又對環境有多大的破壞？如果將牧場餵養牲畜的五穀雜糧轉換成非洲兒童的食品，那足以餵飽多少飢餓？

動物從母胎到生長需要一定的時間，商家怎麼確保市面上能不斷供應各種肉類？

母雞和乳牛怎能不斷供應蛋與奶呢？牠們能持續供應多長的時間？有一天當牠們沒有商業價值了，下場會如何？

你說動物的命運各不相同。試問，誰決定牠們的命運？不正是我們嗎？

選擇植物性飲食已近兩年了，我有時會詫異，沒想到對各種美食都垂涎三尺的我竟會放棄所有動物性食品。不難過、不懷念、不後悔，我反而有時會希望提早意識。身體的負擔輕了些，體力和精神也恢復得快一些，是意外的收穫，也純屬個人經驗。

小時候有人送了幾隻雞來我家，我幫忙養了幾天。有一天在牠被殺的時候，我曾請求「可以不要殺嗎」，但還是救不了牠。現在我找到方法了，雖然不能救所有的動物，但至少沒了口腹之慾，死亡數量會少一點。

小學道德課上老師教的「愛護環境」，還有卷子上是非題「我們要愛護動物」，我打勾了，卻到如今才說到做到。

今天沒了肥滋滋的三層肉，才發現原來我愛的是滷的味道；今天沒了肥滋滋的三層肉，外公對媽媽的愛以及媽媽對我的愛也不會因此就「淡」然無存；我愛吃的三層肉沒了，但我更愛看著牠們好好地活著。

死性不改

回想過去，小時候的我很喜歡收藏東西，收著收著，藏著藏著。有些東西不能陪我長大、有些東西不知所蹤、有些東西不如最初的樣子可愛，有些東西不免染上塵埃，可我就是死性不改，收著不丟，藏得開心。

客廳的櫥裡收著爸爸買的彩色本，有米奇老鼠、有海底世界、有水果蔬菜……我就在這些圖案上彩色，那時自我感覺尤其良好，無論彩得如何都會拿著本子注視幾秒，告訴自己「哇，很美」。三姨在我小學三年級時因成績達標，買了一盒彩色筆送給我，那時候我的手掌還很小。我一直珍藏的二十四入彩色筆和那些彩色本成了完美組合。

好幾次，我都不介意去看病打針或到拔牙，反正之後就會多得一本圖畫書。我還收著很多很多貼紙，有加菲貓、有柯南、甚至還有美少女戰士……這些都貼在收集冊裡，還三不五時約表妹以及鄰居辦一場交換大會，互相分享心得，炫耀最新的戰利品，說說最近喜歡的人物，然後再互相交換。我們也因為「交換」鬧了好幾回，也和平共處了好幾次。

我也習慣把各式各樣的橡皮擦收在筆盒裡，裡頭只有橡皮擦，沒其他文具。一些橡皮擦是媽媽到超市買奶粉時的贈品，一些是不同國旗的圖案，一些是自己花錢買的特殊造型橡皮擦。記得有一個是鉛筆的形狀，七彩的直條紋，外層裹著印有加菲貓的紙，對當時還小的我來說很貴很貴。我在補習完畢後挽著爸爸的手走進迷你百貨，然後到貨架上拿了遞給他，讓他到櫃檯付錢。

當時他叨念了一句「買這麼多幹嘛」，我一貫的回應是，「寫功課時可以用啊」。當天補習老師交代的功課都沒忘記寫，也寫得特別有幹勁。但那橡皮擦，我就一直收著藏著，到現在還原封不動。

中學時期我開始收到別人寫的卡片。大部分是生日和新春賀卡。我習慣把它們收在書桌抽屜裡，日積月累，塞滿了，我還是捨不得扔掉。抽屜裡藏有當年在同學家辦生日派對時的合影、在學姐家聚會時拍的照片，還有在學校與同學辦聯歡會的照片。那時可以大肆揮霍青春，那時可以瘋狂暢聊夢想，不必擔心青春會消逝，也不必擔心夢想會隨時醒來。

除了別人手寫的卡片，抽屜裡也收著自己親手做的卡片、吊飾和吸管手藝品。有些做好了，沒送出去；有些自己很喜歡的，當然就收著；有些做得不美，也收著。最後抽屜滿到再也鎖不上了，我還是不願丟棄它們。就算每次大掃除，媽媽叫我收拾收拾，把沒用的東西丟掉。我也意思意思打開抽屜再關上，頂多丟掉一些破掉的封套，不然就把所有東西裝進另一個箱子再把它藏在櫥子裡。清空後繼續在抽屜裡收著藏著，周而復始。

是我收集成癮也好，抑或念舊也罷，這樣的死性不改，無關死活，也不妨礙他人，沒什麼大不了。反正收著這些，對我很好。

怎麼看都是新的

最近早上的天氣還挺涼快的，以前買的長袖衣服終於有機會離開衣櫃出來透透氣。於是爸爸穿著它抱著他胖嘟嘟圓滾滾的小孫女在家外散步。

某天清晨，二哥的這位小女兒比我們家任何一個人都早起，才不過幾個月大就已經懂得玩樂。一睜開炯炯有神的雙眼，先瞄向左，再瞄向右，雙手雙腳非常活躍地在空中揮動，小小的嘴唇似乎在吸吮奶瓶地活動著，非常可愛。有掛在床邊的小斑馬和小獅子玩偶的陪伴，還有卡通長頸鹿圖案的小抱枕，那裡是她很大很大一片樂園。

最近我爸把她寵壞了。在那裡玩不到三五分鐘就開始咿咿呀呀地叫著，好像知道睡在隔壁房的公公起身了。公公一把她抱在手裡咿咿呀呀就停了，再抱著她在家裡走來走去就像公主微服出巡，她又是得意，又是好奇。即便只是在小小的客廳來回走動，左走兩步，右走三步，她也彷彿探索新大陸一樣。手抱酸了就把她放在搖籃裡，但才放手不到兩秒鐘她開始左右蠕動然後咿咿呀呀地叫著。若我們無動於衷她肯定又要淚如雨下，看了讓人心疼。我心裡默念：「真的寵壞了，絕對不可以任由她如此撒嬌任性。」

我還是情不自禁地把她抱入手裡。果然，她馬上自我調適成「靜音」，左顧右盼，看了好幾百回還在好奇地看。一切對她來說是如此新鮮。我沒像我爸那樣來回走動，坐在椅子上手沒那麼酸，也不想「養大她的胃口」，她一樣開心。過了一下，她開始蠕動，表示不滿，我稍微調整一下手勢，換個角度，又是一個新世界。她再咿咿呀呀表示不滿，我就再調整，調整手勢，調整坐姿，只要換一換，都可以逗她開心。

同樣的世界，以不同的姿勢、角度和姿態去看，對她來說都是新的。我想很多時候如果我們也這樣，開心應該不難吧。

文具控的心酸

科技發達真是一件好事嗎？身處在科技日新月異的時代值得慶幸嗎？

若一直打字的話，那人的書寫能力不就會慢慢退化嗎？人親手寫的文字不是比較有誠意、比較有人情味嗎？

近幾年出國旅行時，看到文具就非常興奮。在採購時，我懷疑自己患有失心瘋，理智的我根本不復存在。吉祥寺電車站附近是我去日本東京時非常愛逛的其中一區。有一次毫無來由地走進一間文具店，看到一些對我來說設計新穎的原子筆，加上有些是日本製的，心動了。那時理智的操控力比較強。最後只買了一支鉛筆外型的圓珠筆，後來經常伴隨我。

後來，初次到韓國首爾旅遊，理智失去控制。買了一些當地品牌的原子筆之外，還買了記事本和文件夾。由於旅程結束後還得飛往日本，加上行李空間有限，便把偏重的文具郵寄回新加坡。

買這麼多文具有用嗎？什麼場合用得上？派上用場的機率又是多少？

科技不斷在潛移默化中改變世界，變好也變不好。

因此，每每看到文具，心裡總得經歷一場理智與購買慾的爭執、糾結和矛盾。若找到客觀點，那就完美收場。若找不到，要嘛就買多了，要嘛就「遠觀而不褻玩焉」。

究其根本，小時候的我本就愛收集文具，如筆盒、橡皮擦等等，越多越好，越多越開心。看到筆盒排得整整齊齊或者擠得滿滿的，心裡會有一種滿足感。我想，這是構成「我」很重要的一部分。

以前，或許人想方設法發明各式各樣的方法，嘗試各種各樣的實驗讓文字電子化。現在，文具控的心酸或許要想盡方法讓文具發揮最大作用，把握任何機會派上用場。

有一天，若文具都被淘汰了，人都忘了怎麼寫，世界將會變成什麼樣子？

第五輯／敲破蛋殼的聲音

殺不完的天敵

我脾性溫和，個性友善。沒想到前幾年的一場戰役，讓我與牠結下不解之仇，我也開始懷疑自己與生俱來的的溫和友善。

人人皆知，骨痛溢血症（或稱骨痛熱症）是有可能奪走人命的。那年六月，因為發燒讓我感覺雙腳近乎癱瘓，全身無力，最好躺在床上什麼也不做，但燒一直沒退。為了安全起見，在爸媽陪同下，我只好拖著沉重的身軀去驗血。

數小時後去領取報告，發現情況不妙，血小板處於危險水平。我們馬上回家帶了幾套便服後驅車直奔醫院。自己填寫表格，自己躺在病床上，自己換上院方提供的衣服，感覺像犯人前往警局自首。我到底在哪裡招惹了哪隻蚊子？一切發生得太突然，我也無力去思考。

曾聽說有人因骨痛熱症而斷送性命。那是我第一次離死亡那麼靠近。處於不知是生是死的困境，情緒尤其複雜，思路更是混亂。有人說那就看免疫系統如何抗戰。小時候的我很常生病，簡直是小林黛玉，身體的抵抗力強不到哪裡去。

第一次因在醫院抽血不慎而導致左手針扎處腫脹，但我無力去管。後來護士數次在手腕的血脈抽出半支針筒的血，當我還昏昏欲睡的早晨一次，下午用餐後一次，晚上睡前再一次，不習慣也難。燒退後，血小板情況仍不穩定，點滴也吊了好幾包。對於點滴流動的速度，在掛點滴的下方有個調節器，我竟也學會如何調整。當時讓一些親友擔心了，家人也不辭辛勞地照顧，特別是媽媽，还真不好意思。

生病時，或許因為心情低落，總覺得醫院提供的餐食無法入肚，不過還好有神厨之稱的母親。前來探訪的親戚還提供了民間療法，相傳木瓜葉具有解毒的功能，反正試試無妨。那是我人生中第一次喝下新鮮攪打的木瓜葉汁，青草般的綠，苦苦澀澀的，如同生吃青草。

躺在病床的那幾天，我看過不同的病人。有的比我早出院；有的床位空了，下一秒又有病人入院，是小朋友；有的背上刺有一條龍，但無從威風；還有的如廁後病服沾染鮮血。我們的共同點就是臉上的無奈。值班的女護士，工作日夜顛倒的她們倦容特別明顯，尤其當值夜班，素顏更覺憔悴。每到分派藥丸的時刻，感覺她們就是我們存活下來的仙丹靈藥。白衣天使之稱，她們當之無愧。

出院後對生命感悟頗深。對於蚊子更是既畏懼又痛恨。這不僅僅是十年怕草繩，而是一輩子。我們之間的怨恨肯定無法化解。現在的我，凡見蚊必如訓練有素的警犬馬上豎起耳朵，怒目圓睜眼，能打則打，能殺則殺，格殺勿論！這根本與我生性善良的形象不符啊！

自然生態中本來缺一不可，若天敵殺完了，我也許會忘了牠的存在，痛苦的記憶和傷疤漸而淡化，似乎什麼也不曾發生。那麼二〇一〇年六月初旬的「病床」不就白躺了嗎？這殺不完的天敵，我想也就罷了吧。

有毒循環

保麗龍有毒，這誰都知道。不過都用了好幾次，再用一次也沒差吧？可是，當中的毒素會殘留在體內喔！但它不至於會沁入我的心吧？你看，即使保麗龍污染了環境，很多人還是照用無誤。在這高科技以及知識普及的時代，工廠還是陸續在生產，超市還是不斷供應，「愛護環境，減少塑料」等口號喊到口乾舌爛。

我們一直光說不練。究竟要見幾次棺材掉多少淚？

人生當吃

我超愛吃甜食，冰淇淋，餅乾、蛋糕、珍珠奶茶，統統來者不拒。可惜牙齒不好，從小名字便常見於學校牙醫的名單中。可當慾望一來，實在難以抵擋，不吃又覺得渾身不自在，感覺心頭被削了一塊肉。解饞後的罪惡感卻在數秒間劇烈加重。還好，我懂得自我安撫。

「沒關係，人生苦短。」一切又一如往常，循環反覆。

借還是不借？

大學畢業後的某一天，忽然久未碰面的學長發短信問我借錢，說是他爸患上癌症，需要一筆費用。我遲疑了。該不該借？那時候的我才剛工作賺錢。

「癌症末期。」他說不曉得父親還能活多久。我知道這確實需要很大的一筆醫藥費。但若非屬實，借他錢之後，我不就是那個自以為世上沒有壞人還想憑藉一顆單純的心去改變世界的傻瓜？如果屬實，而我拒絕了，我不就成了武俠小說裡那個不仁不義的楊康或者殺人不眨眼的李莫愁嗎？這跟見死不救沒什麼差別。最後為了良心，我還是把錢借出；但我也作好了心理準備，錢未必拿得回來。

他分期付款兩次之後，就沒有下文了。

為了讓自己好過一點，我選擇相信他是真的「無能為力」償還。

隔了一兩年，偶然發現他在網絡上分享的一些照片，看似過得不錯。我和他之間的「借貸」，已經像錢包裡塞了很久的收據，模糊不堪。

再後來，從報紙上得知他因騙錢而被繩之以法。

愛情我還搞不懂

人生有很多事我還沒搞懂，比如成人世界裡有很多潛規則，我還摸不著頭腦，還有，愛情，到現在也還沒搞懂。

中學時候，看見學長與學姐相戀，就好像偶像劇裡的男女主角，無論過程如何崎嶇不平，最後一定完美收場。但畢業後不久後便聽說他們分了，我不懂為什麼。不過，為他們編織過的童話般愛情故事如夢一樣瞬間醒悟，如泡沫一樣瞬間破滅。

後來男孩接管家裡的生意，也談了一場無疾而終的戀愛，現在還是孤身一人。女孩到外地工作後遇上她的真命天子，相戀了，結婚了，現在懷孕了。是命運？是緣份？是他們在不懂愛的年紀遇見了愛情？還是在愛成熟時碰上了不對的人？

還有一對情侶從高中時期便開始相戀，直到結束愛情長跑步上紅地毯。有時候，我也搞不懂他們是如何做到。

戀愛時需要朝夕相處嗎？一天一通電話會不會太少？每次聊上一兩個小時會不會太長？早上起床發一封短信問候，中午發一封短信問對方吃飽了沒，晚上再發一次問對方吃了什麼，會不會讓對方覺得心煩？一個禮拜見一次面又會不會太少？

這些都算芝麻蒜皮的事，不過很多時候，對於人的印象與情感都由此建立起來。如果愛情像牛頓定律有公式的話，會不會容易一點？或許可以算出到底對方是否就是對的人。或許可以算出到底一段感情會否成功。不過這太制式化，太科學化，向來不是我認同的模式。

人，天生擁有七情六慾，才會有愛情。愛情，偶爾是盲目的，不能一味追求。愛情是需要時間去學習、去欣賞、去剖析、去感受的。搞清楚什麼是愛、為什麼愛、還有如何去愛是關鍵。雖然目前，對於這些，我無解，但不必感到可惜，不必操心，不必憂慮。我懂「愛情」需要一種感覺，那種感覺很重要，一種執著去信、單純去愛、真誠去追的感覺；而這是我在等待中的，等「它」失而復得，祝福我吧。

愛情有無，無關落後。至少現在我過得不錯。

地球超重了啦

一般傳統的華人家庭視傳宗接代為人生使命，因此才有重男輕女的後遺症。姑且不論這種敗壞的觀念，也假使這不成立，至少很多還是認為男大當婚，女大當嫁。結婚後，不只三姑六婆會好奇地問「什麼時候打算生啊」，家翁家婆或岳父岳母更加特別「關心」。

其實沒那麼簡單。不是說想生就能生，也不是排斥生育就一定不會受孕。要不孕症的去生，或許費盡千辛萬苦最終還是一無所獲。有一些不想生的卻意外喜獲新生，然後有些就一胎接著一胎生。所以生不生，無關是非對錯。

生了後還要養呢！養一個生命容易嗎？養寵物已經不簡單了，個更何況養人？喝什麼奶粉、用哪一家的尿布、看哪一個醫生、上哪一間托兒所、還是在家教育比較好？報讀哪一間學校、萬一長大後不聽話怎麼辦……諸多方面的問題和疑惑沒完沒了。如果說懷孕生子是一種人類慾望的附屬品，那以上所述不就是一種自食其果嗎？

從另一個比較廣義的角度來看養人有多挑戰性。一個人在一年內消耗多少的資源？有專家舉例說明在美國平均一個人在一年內消耗二十五噸資源、在法国一個人每年平均消耗十六噸……其實憑這一點，你說，養人容易嗎？再說，人養大了，不保證一定會成為棟樑之才。

我並不是反對生育。往往看到新手父母帶著初生嬰兒，腦海裡就會浮現育嬰過程中的各種酸甜苦辣，尤其家中有多過一名孩子的，心裡油生敬佩之情。有時候，有些人做的有些事確實讓世界變得比較可愛動人。

忽然天真地想「有沒有某種機器或藥物可以讓每個長大成人後蛻變成對社會對地球有用有貢獻的人」。如果沒有，或許就罷，因為地球其實已經超重了啦！

關於怎麼死去

你想過會怎麼死去嗎？

小時候聽說表妹的外公一覺睡去就再也沒醒過來了。小時候從大人的對話之中聽說有個親戚在廁所裡上吊自殺。長大後，得知我的奶媽因癌症過世了。有一年春節，哥哥的某位友人在一場車禍中走了。

在戰爭中犧牲的、在逃難中死去的、甚至被殺害的……

你看，死亡因素何其多。

我還是覺得一覺不醒是一種安詳、平和的往生狀態。如果可以，我想以這樣的方式離開，至少不用在有意識中飽受病痛。有人說這是一種福氣，所以，求不來。

因意外或疾病而死是一種遺憾。如果可以選擇，我估計沒有人想這樣死去。但如果預知了一定會因某場意外或病痛折磨而死，你又會選擇哪一種意外或病痛？

因自殺死去最不值得。時間不是不夠用了嗎？生命不也夠短暫了嗎？生與死，自有時，至少我們別讓它變得更短暫。

按照常理，每個動物都擁有求生的自然本能，更何況號稱萬物之靈的人類？去思考一下你我會怎麼死去，或許有些人就會想方設法延年益壽，千方百計避而遠之；或許有些人就會鉅細靡遺擬定生活規劃，活出精彩的人生；或許有些人就會豁然開朗看透仇恨糾葛，活出舒暢平靜的人生。

面對死亡，有的人憂慮、有的人淡然；有的人惶恐、有的人坦然；有的人失措、有的人勇敢。

其實我們怎麼死去不是關鍵，更為重要的是，我們都準備好了嗎？我們都在好好地活著嗎？

Goodbye

我不喜歡「Goodbye」，不喜歡它隱含著一路走好的意味，爾後似乎就再也見不到了。還是「再見」聽起來比較悅耳順心。我們會再見面的，聽起來多麼正面樂觀。不過，很多時候就算說了，到最後誰也沒再見到誰了。

我們欠每個人一句「Goodbye」。

後記　蛋黃的微醺人生◎陳幹煌

其實，一開始想以「蛋黃的XX」作為書名，比如：《蛋黃的微醺人生》。為什麼「蛋黃」？純粹是因為本名「幹煌」乍聽之下或一旦發音不清楚，會變成「蛋黃」。為什麼附加「微醺人生」？除了其中一文題為《微醺人生》之外，我也想傳達「人生得意與不得意都還是得過，何不以一種微醺的心態去看待？」微醺微醺的，那些讓人多愁善感的事會看作是雲；微醺微醺的，那些讓人喜上眉梢的事會看作是風。偶爾還為自己締造想像空間，與路燈和舞台劇對話。

經過與新文潮出版社商討，最終覺得《時光碎語》言簡意賅，雖然少了「蛋黃的」的童趣味，卻多了一種時間與事跡的餘味。至於什麼樣的味道，從「第一輯：那段讓我解憂的臭臭歲月」、「第二輯：劇透人生的小日子」，到「第三輯：夢裡夢外的房間」，再到「第四輯：那些傷身又美好的二三事」，最後「第五輯：敲破蛋殼的聲音」，我想五味雜陳吧，希望讀完後的你們多少感受了一點。

我想特別一提的是《瞥見夢裡的紅樓》以及《如夢的蘭花》，靈感來源分別是二〇一三年在新加坡上演的舞台劇《賈寶玉》（Awakening）（由香港「非常林奕華」舞台劇團演出）以及二〇一四年同樣在新加坡上演的舞台劇《如夢之夢》（台灣賴聲川之大作）。因此，如果沒看過這兩齣舞台劇而閱讀《瞥見夢裡的紅樓》和《如夢的蘭花》，或許會覺得有點難懂，也或許無法產生共鳴。盼來日若這兩齣舞台劇再次登上舞台，大家不妨購票前往觀賞。

接著，從理性層面去思考，我以文字紀錄了生活，然後又怎麼樣呢？

這些零零散散的記憶是我不定時的記錄。有時心血來潮便找一家咖啡館，窩在裡頭發掘一些小確幸；有時，則是帶有目的性地去書寫，這樣一來生活會愜意一些。整理內容的時候，很慶幸我花時間把這些事寫下來了，不然它們真的會隨著時光的洪流沖散。同時，也感嘆有些事忘了及時記下來。然後開始養成一旦靈感閃過，盡可能先記錄在手機裡，之後再安排時間組合這些拼圖。

有把聲音曾在耳際響過：「那些與自己或親人有關的事，並沒什麼光宗耀祖的價值，寫下來就算了，還要出版成書？難道不懂家『醜』不外揚嗎？」此「醜」並不「醜」，並非傷天害理，見不得光的事。小時候被舅舅逼迫換右手寫字、外婆逝世等回憶，都是構成「我」的成份之一。

遣詞用句方面，我沒刻意去琢磨，或特別引用什麼詩詞歌賦。純粹透過靈感與僅有的墨水之間的對話所碰撞出的文字，再以我說故事的口吻和方式，看看是否通順流暢，看看語意是否清晰，看看情感表達是否真誠而不過於煽情。希望我的文字可以讓生活變得溫熱。

那，寫好了就自己收起來珍藏即可，又為何要出版成書呢？

是，在這時代出版書籍有一種以卵擊石的感覺。出版一本書需要多少資金與時間？出了過後會賣嗎？是，除了金錢和時間，別忘了還需要精力。老實說，我沒預設會賣多少。對於這樣的事，期望越大，失望也就越大。我坦誠，現實偶爾會讓我失去興致，偶爾也會讓我熱忱慢慢結冰。我想，寫作之路跟天氣一樣吧，時晴時陰，有時念頭一轉，提醒自己：「我寫，是認真面對生活的一種紀念，一種體現，給自己的時光一個交代。」

我相信，世界之大，總會有知音人在某處，與之共勉。

新加坡國家圖書館出版品預行編目（CIP）資料

National Library Board, Singapore Cataloguing in Publication Data
Name(s): 陈干煌 .
Title: 时光碎语 / 作者 陈干煌 .
Other Title(s): 文学岛语 ; 0013.
Description: Singapore : 新文潮出版社 , 2023. | 繁体字本 .
Identifier(s): ISBN 978-981-18-8187-9 (Paperback)
Subject(s): LCSH: Singaporean prose literature (Chinese)--21st century. | Chinese prose literature--21st century.
Classification: DDC S895.14--dc23

文學島語 013
時光碎語

作　　者　陳幹煌
總　　編　汪來昇
責任編輯　歐筱佩
美術編輯　陳文慧
校　　對　陳幹煌　歐筱佩　李堡麒
出　　版　新文潮出版社私人有限公司
　　　　　TrendLit Publishing Private Limited (Singapore)
電　　郵　contact@trendlitpublishing.com
法律顧問　鍾庭輝法律事務所 Chung Ting Fai & Co.

中港台發行　秀威資訊科技股份有限公司

新馬發行　新文潮出版社私人有限公司
地　　址　37 Tannery Lane, #06-09, Tannery House,
　　　　　Singapore 347790
電　　話　(+65) 6980-5638
網路書店　https://www.seabreezebooks.com.sg

出版日期　2023 年 11 月
定　　價　SGD 26 ／ NTD 300

建議分類　生活小品、新加坡文學、散文